外部空间环境设计

王铁 著

湖南美术出版社

中央美术学院设计系实验教学丛书

丛书策划	谭 平	黄 啸
丛书主编	谭 平	黄 啸

编 委 会	周至禹	滕 菲	杭 海	谭 平
	王 铁	崔鹏飞	吕品晶	黄 啸

整体设计	谭 平	
封面设计	孙 聪	
版式设计	王 铁	刘 钊
电脑制作	高 凌	刘 钊　孙 聪
	刘兴瑞	黄 鹂

外部空间环境设计

责任编辑	黄 啸
责任校对	伊彬茜

出版发行:	湖南美术出版社
地　　址:	长沙市人民路 103 号
经　　销:	湖南省新华书店
制　　版:	深圳利丰雅高电分制版有限公司
印　　刷:	深圳市彩帝印刷实业有限公司
开　　本:	850 × 1168　1/16
印　　张:	9.5

2000 年 9 月第一版　2000 年 9 月第一次印刷

印　　数: 1−5000 册

ISBN7-5356-1432-9/J·1349　定价: 35.00 元

目录

引言

第一章　设计语言基本要素

第二章　设计语言应用过程

第三章　景观与空间

第四章　外部空间环境设计原则

第五章　教学要求及学生作品

引　言

　　本书是一部探讨外部空间环境计划、设计艺术方面的基础教学专用书。它以外部空间环境计划、设计所引起的诸方面要素为依据，从基础形态到外部空间环境的构成再到设计语言点线面生成的立体空间及其相互之间的关系来作研究。研究的重点放在如何理解多种要素组合，产生外部空间环境，并使之起着主导作用的原则上。要使初学者对形式和空间这些要素加深理解，首先要把注意力放在基础训练上。这是非常重要的外部环境设计学习手段，只有对形式和空间这些基本原则认识深刻，才能使之成为外部空间环境计划、设计及教学探讨的基本词汇。

　　本书采用形象插图的方式，这些形象是空间构成领域中不可缺少的要素，理解这些分析过程，掌握其共性，有助于了解它们之间的各种差异。

　　对于图形的选择，我们力求恰如其分，快捷方便，而且能够直截了当地说明一些基本观念。

　　尽管外部空间的要素和设计原理具有不同程度上的复杂性，尽管广义的环境艺术设计目前尚停留在理论探讨阶段，但是这里还是尽可能分门别类地讨论。如对"景观"一词的理解和景观设计涵盖的内容尚有争议，基于建筑体以外的公共环境设施设计是环境的一个重要部分，但不一定形成景观。环境设计有着广袤的领域，本教材仅仅搭构了一个不尽完善的框架，许多问题尚待充实和完善。本书中部分插图是引用别人的，有些插图是改绘的，在此一并向原作者表示感谢。

　　这本教学探索书只是一个起点，目的在于鼓励学生们在作计划、设计过程中灵活运用，为学生在处理外部空间环境和实体建筑形态设计方面奠定基础。希望能通过这本教材的出版，使环境艺术设计在高等教育中更快更好地得到发展，我深信 21 世纪是世界环境艺术设计的新开端。

王铁

2005年8月31日

1-1点

点从概念上讲，它既无长度、宽度或深度，也无方向性，而是静态的，是集中的。

一个点可以用来表示：

● 一个圆心

● 一条线的两端

● 多条线的交点

● 一个范围的视觉中心

点有它的存在感。与它处于一个环境中心时，点的稳定感很强，也是静止的，以其自身的面积组成围绕着它的诸要素，并能限定它所存在的范围。

点从中心偏移，就会变得有动势；点在它所处的范围内，就会产生视觉上的争夺。

点是形象最初的源头，是空间最重要的位置。

点扩张后用来标志，有其属性。

● 线

● 长度

● 方向

● 位置

透视灭点 ┬── 改变人的主要观察角度和高度。
        └── 改变常规的空间形态。

视觉中心点 ┬── 注目点：人的定向视野内，人认知环境的发端。
          └── 标志点：是场所、领域、空间中起着控制作用的视觉中心。

点——焦点是空间环境中控制人视线，引导人视点的一种感应。点有两种：视觉中心点、透视消失点。点是造型艺术设计中重要的特征之一，人们将会运用更多的坐标点去观察，去创造生存环境。

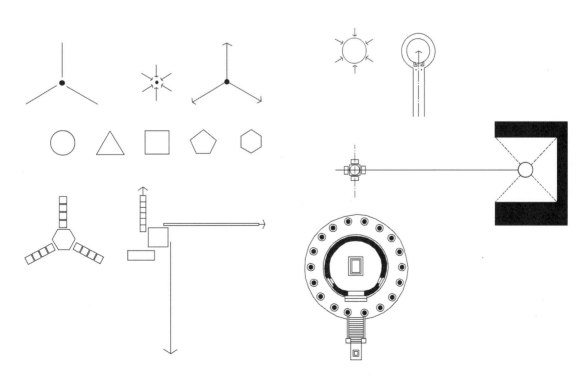

从概念上讲，一条线有长度，而无宽度和深度。线运动生长，在视觉上表达方向性。

线在任何视觉图形中，都有它的重要位置，它可以用来表示：

● 连接

● 支撑

● 包围

● 交叉

● 描绘面的形态，并能给面带来形态。

垂直的线要素，可以用来限定通透的空间，限定某一个空间范围。在设计中，一条线可以作为一个设想中的要素。例如：设计中的轴线、动线，即由空间中的两个点所产生的规则线条。在这条线上，各种要素可以作多种形式的排列。

线的组合范围

线是造型中最基本的要素，两点之间连接生成线，同时它是面的边缘，也是面与面的交界。长度和方向能决定线的特征。在空间环境设计造型里，线的所有种类都可以反映在各部结合处。许多空间环境设计是不同程度地表现出线的形态，如路灯、塔、门柱、雕塑等等。线的合理应用对空间环境的质量将产生重要的影响。

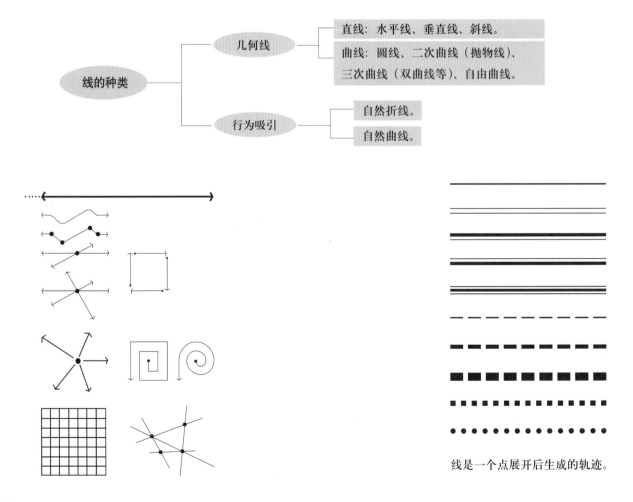

线是一个点展开后生成的轨迹。

圣家族教会屋顶

卢浮宫新馆地下部分

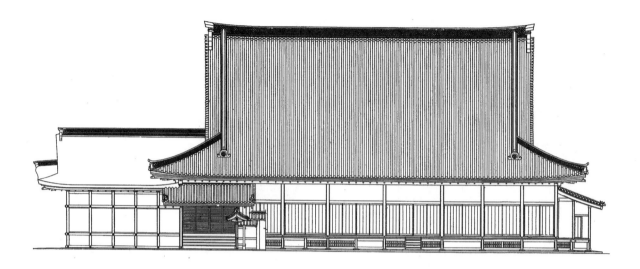

二条城二之御殿远侍·车寄
（日本）

姬路城大天守（日本）

　　线通过复制与集合可以生成一个面。从概念上讲，一个面只有长度和宽度，而没有深度。面的最大特征是可以辨认形态，它的产生是由面的外轮廓线确定的。一个面的属性，在色彩和质感上将影响到它视觉上的体量感和稳定感。

　　在常见的建筑物形体样式上，人们可以用不同材料、质感、色彩的变化使水平面与垂直面有区分，也可以在面的上面开设洞，把面的边缘暴露在视觉中。

　　面是直线在二维空间中运动的轨迹的集合体，它只有与形结合才能产生。面同线一样也有几何和自然的分类。几何面主要有圆方两个基本形态，通过对它们的分割可以组成无数的不规则几何形态。面的特征主要由构成它的边缘线决定，面通常表现为某一侧面或形体的一个单位。

　　面是直线平移而产生的，同时直线的空间运动也会产生曲面。如果面在空间中流动延伸，在视觉上则表现为曲面显示。曲面在现代设计中应用得越来越多。

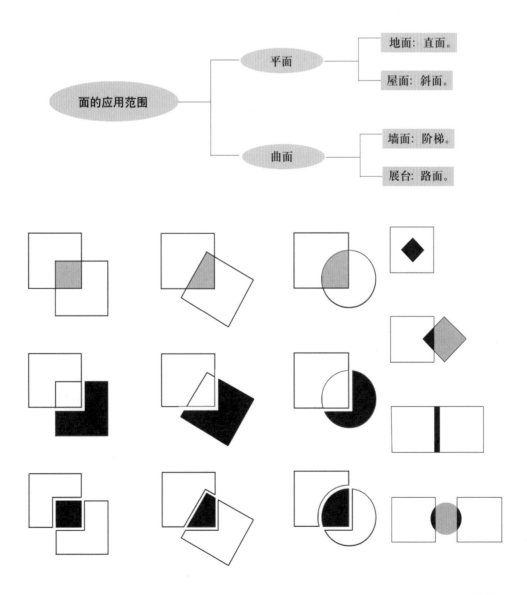

一条线展开变成面

福建土楼

福建土楼

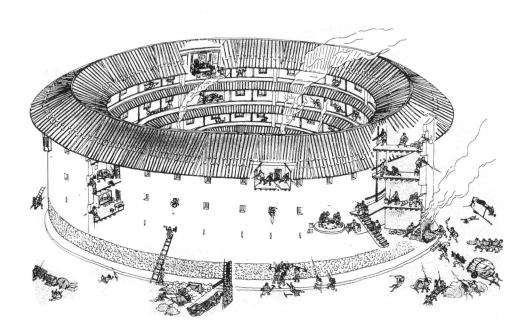

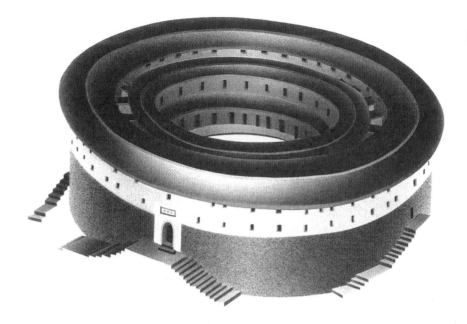

福建土楼

福建土楼

自然景观

都市景观

抽象的森林（德国）

1–4 体

面展开生成体，一个体有三个量度：长度、宽度和深度，这就是人们常说的三维空间。

体可以分析和理解为：

点，交点，多个面在此相交；

线，边缘，两个面在此相交；

面，表面，体本身的界限；

形式是体的最基本，并可以辨认的特征。它是由面的形状和它们之间的相互关系决定的。面表示体的全容的界限，建筑的三维空间就是体和面的关系（见上图）。

体是面移动生成的三次元轨迹，它占有一定的空间，并伴随着角度的不同而表现出不同的形态，给人的视觉感受也是多样的。在形态上，它具有几何体和自然体。其最基本的形态是圆球和正立方体，而通过组合与分割会产生多种构成形式。

抽象的森林（德国）

立体构成方式
- 线与体的构成
- 平面与立体的构成
- 立体面的构成
- 线与线的立体构成
- 面与面的立体构成
- 线与面的立体构成

1999年某办公大楼设计 （王铁）

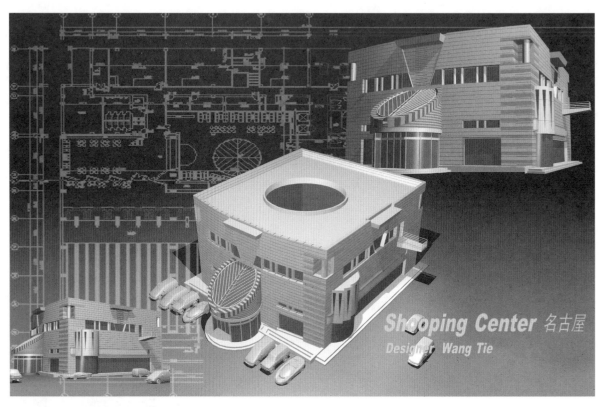

日本名古屋某中心设计 （王铁）

1-5水体

　　在外部环境设计中，水在其中充当了重要的角色。环境中，有了水就会多添几分诗意，有了水设计就注入了活力。水体在环境空间中是人们观赏的重点，它可以静止、流动，它可以喷发、跌落，处处都是引人注目的景观 。

　　水是一切生命的源头。水作为人与自然之间的情结纽带，是人们生活环境中必不可少的要素。有了水，环境生活中才有生机。

　　水分为：

● 　静止的水（相对）

● 流动的水

● 喷发的水

● 跌落的水

在城市环境景观设计中，水最有魅力，它是人类环境设计中永恒的使用主题。设计师在创作过程中必须考虑：

● 尺度——水景设计与人的尺度关系及周围环境的协调和对比以及高度、深度、平面、比例等。

● 光影——水的造型、水的运动、水的空间组织、角度是水景通过阳光映衬出周围景观的自然表现。

自然景观

香港公园环境景观

阿拉伯酋长国阿拉比安塔饭店

人工环境（日本）

建筑、城市、人工环境（贝聿铭）

　　色彩是环境设计中最常使用的一种手段，色彩可以用来表现城市环境空间的性格和环境气氛，是创造良好的空间效果的重要表现媒介之一。有良好色彩设计的城市环境空间，会给人们带来无限的欢快与喜悦。在外环境色彩设计上，如何协调、搭配诸多的色彩元素是关键，它的成功可以免去杂乱无章的混乱，可以避免失去环境艺术性的危险。

　　色彩是造型中最重要的视觉感官要素，在功能上，它主要有辨认性、象征性、装饰性等特征。色彩分无彩色和有彩色两大类。

● 无彩色：白到黑的色彩变化，只有明暗关系。

● 有彩色：除无彩色之外的所有，基本原色为红、黄、蓝，有色相、明度和彩度三种属性。

　　各种色彩因其三种属性的不同，而产生多种对比关系和效果。

　　色彩造型中，色彩的调和与塑造是决定空间环境关系的关键。

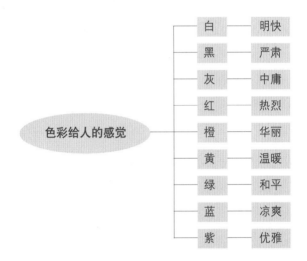

	白	明快
	黑	严肃
	灰	中庸
	红	热烈
色彩给人的感觉	橙	华丽
	黄	温暖
	绿	和平
	蓝	凉爽
	紫	优雅

自然、建筑、绿化与环境
（美国）

空间中作为体的建筑形式的视觉属性

形状、尺度，是指形式的可变特征及实际度量。形状是指物体表面轮廓的特写造型，度量实际是它的长、宽和高。这些度量的特征确定了形式的比例：形式的尺度则是由本身的尺寸与周围的关系所决定的。

色彩、质感，是指形式表面的色相，即明度、色度。色彩是与周围环境相区别最有表现力的一种特殊属性，它在不同程度上也影响形式的视觉重量。质感的变化直接影响到形式外表。人们对它的直接感受是触觉和视觉变化。

位置，是形式与它所在的环境或视觉范围有直接感受的有关位置、方向。

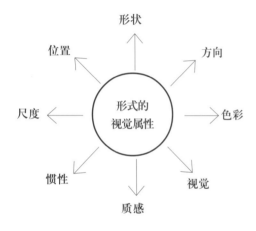

日本国某公园地面铺装

湖北省出版大厦外装修
改造设计　（王铁）

规则形式是指以一种有秩序的方式组合多个局部彼此之间的关系。在性质上一般呈稳定状态，同时以一条或多条轴线对称。

不规则的形式是指，形式的各个局部在性质上都不相同，彼此之间的关系并不是前后一致地组织起来的。它们一般是不对称的，比规则形式更富动态感。也可以是在规则的形式上减去不规则的要素后所形成的构图，或者是规则形式的不规则构图。

在设计上，我们即涉及虚空间，规则的形式也可以生存在不规则形式当中。相反，不规则的形式也同样可以被规则式围合起来。

形式和空间在环境设计中存有相互的关系。无论在何种程度上，不仅要考虑到环境设计本身的形式，更要注意到它对周边空间的影响。注意到它的存在是否会给周围建筑物带来延续部分。把建筑物作为背景，在一定范围内限足一个环境空间，在它合适的空间里又有一种独立存在的优越感。

在处理环境设计与周围建筑空间关系上，环境空间可以是：

● 在它的空间里，环绕和围起一个建筑物或它的内庭空间；在环境空间中，它的空间形式和围护物，不是限定了其周围的空间形式，就是被周围的空间形式所限定。

● 线可以限定一个形和一个空间与另一个空间的界限。

● 形体是"形"，它所表现的空间也是"形"。

早期建筑与自然

早期建筑与自然环境

早期建筑与自然环境

英国千年穹顶建设中（伦敦）

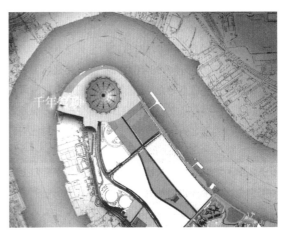

形式与空间的关系

英国千年穹顶（伦敦）

1-9公共空间连接的空间组合

不同的空间有不同的要求：

● 具有特写的功能和特定的形式。

● 在空间与空间的组合中，有着决定性功能和意义。

● 使用中有非常灵活的机动性。

● 为了采光、通风，景观与内外空间相通。

● 私密性必须隔离。

● 必须易于横向、竖向交通。

空间组合给空间与空间之间、内部与外部之间，带来了合理的空间：

● 集中形：在一个中心主导空间周围组合一系列次要空间。

● 形式：重复空间的线式排列。

● 放射式：线式空间组合从中心出发向诸方向扩展放射。

● 集合式：根据位置接近，共同的视觉特征或共同的关系组合空间。

● 格子式：在格子结构或三度空间的范围里组合排列。

西式公共空间

中国式公共空间

2-1动线与空间的关系

动线以下列方式与空间发生:

1. 从外侧联系空间

   ● 每个空间都保持着完整。

   ● 动线图形灵活可变。

   ● 可用过渡空间去连接主动线和空间。

2. 通过空间

   ● 动线可以直穿过, 斜穿过, 或者沿边线穿过一个空间。

   ● 通过空间时, 产生一种在空间中和运动的图形。

3. 停止在一个空间

   ● 空间的位置确定了轨迹。

   ● 空间关系用于和走进一个具有功能或重要性的空间。

2-2秩序与原理

有秩序而无变化, 给人的感受是单调和泛味; 同样, 有变化而无秩序, 结果是杂乱无章。秩序原理可以被看作是一种视觉手段, 它的各种各样形式共存在一个有秩序的、统一的整体中。

   ● 轴线: 连接空间中的两点产生一条线, 形式和空间沿线排列。

   ● 对称: 以一条线为共同轴线, 将等同的形式和空间均衡分布两侧。

   ● 等级: 由尺寸、形状或位置与组合中其他形式和空间关系, 以表示某个形式和空间的重要和特殊意义。

   ● 韵律: 利用重复的图形及其韵味, 组合成一系列的形式和空间。

   ● 基准: 利用线、面或体积的连续性和规则性, 来聚集、组织图案和空间。

   ● 变换: 变换一切手法, 可以使一些图形概念和组合原则得到确立。

秩序与原理示意图

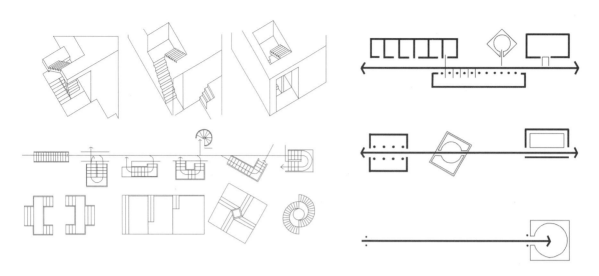

竖向动线图   横向动线图

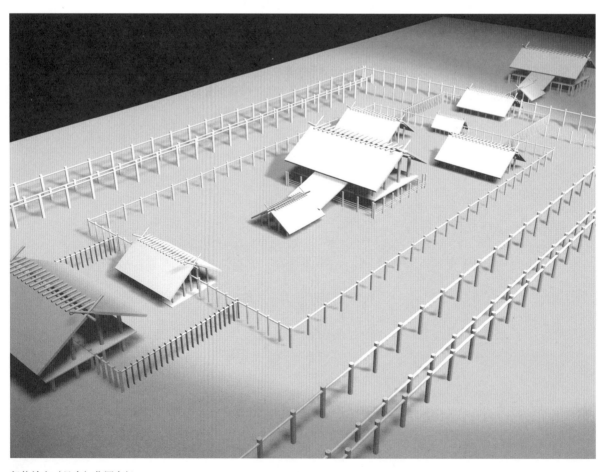

伊势神宫（日本）作图宋扬

一切关于比例的理论，都致力于图形的可见结构要素中，建立起一种秩序感。欧几里德曾说，比是指两个相似事物的量的比较，而比例，则指两个比的相等关系。比例系统中，都包含着一种有特征的比，虽然这种关系未必能被一个偶然的观察者发现，但是，通过多次的反复体验，它们所产生的视觉秩序还是可以被感知、被接受，甚至得到公认。

比例的类别：

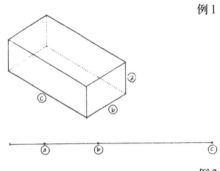

例1

● 几何比：$\frac{c-b}{b-a}=\frac{c}{b}$　（例1、2、4）

● 算术比：$\frac{c-b}{b-a}=\frac{c}{c}$　（例1、2、3）

● 和谐比：$\frac{c-b}{a-b}=\frac{c}{a}$　（例2、3、5）

例2

可以给黄金分割下这样的几何定义：

● 一条线段被分为两部分，短线段与长线段之比，等于长线段与全长之比。

例4

例3

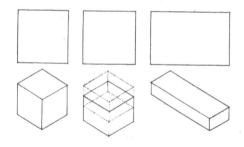

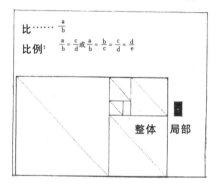

比……$\frac{a}{b}$

比例：$\frac{a}{b}=\frac{c}{d}$或$\frac{a}{b}=\frac{b}{c}=\frac{c}{d}=\frac{d}{e}$

整体　局部

例5

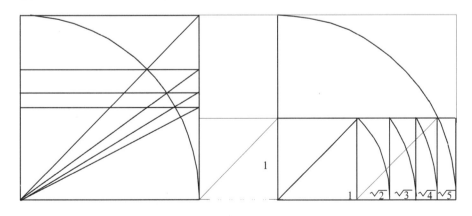

黄金分割比例分析图

作为建筑之要素，尺寸是人们熟知的。尺寸可以帮助人们判断周围要素的大小。比如，住宅的窗户、大门，能使人们想像出房子有多大，有多少层；楼梯和栏杆可帮助人们去度量一个空间的尺度。正因为这些要素为人们所熟悉，并可以有意识地来改变一个建筑式样和空间的尺度感。

尺度大致分为：

● 整体尺度：与周围其他的形式有关连的建筑要素的尺寸。

● 人体尺度：与人体和比例有关系的建筑要素或空间的尺度。

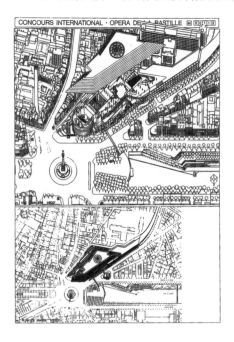

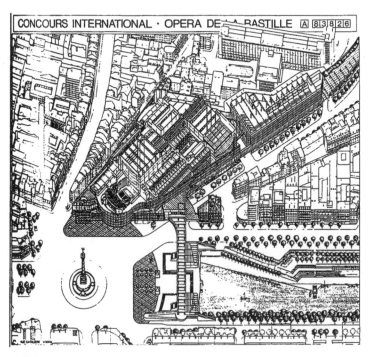

城市中心广场与周边环境尺度关系（法国某城市环境）

人体比例

　　人体的尺寸和比例，影响着我们使用物品的比例，影响着我们要接触的物品的度和距离，也影响着人们生活、工作、饮食和坐卧及家具的尺度。

　　除了建筑设计、环境设计是使用这些要素之外，人体尺寸还影响人们的行走、活动和休息所需的空间的大小。

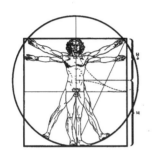 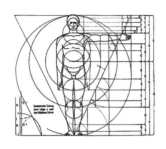 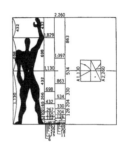

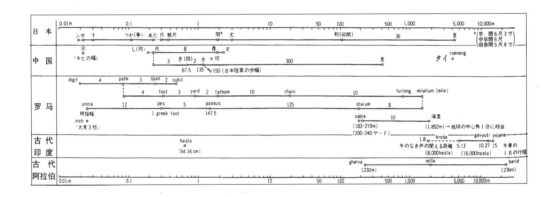

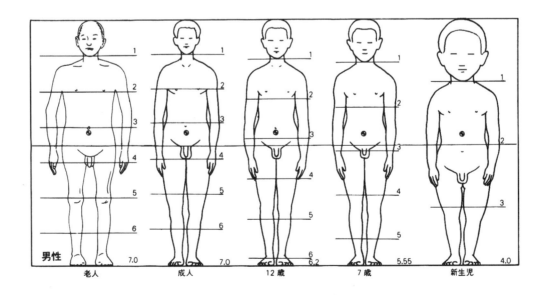

人体比例图、尺度示意图

勒·柯布西耶创立了他的比例系统——模度制，用以确定"容纳和被容纳物体的尺寸"。他称赞希腊和其他高度文明国家的度量方法，无比的丰富和微妙，因为它造就了人体教学的一部分，优美、雅致，并且坚实有力；也造就了动人心弦的和谐的源泉——美。

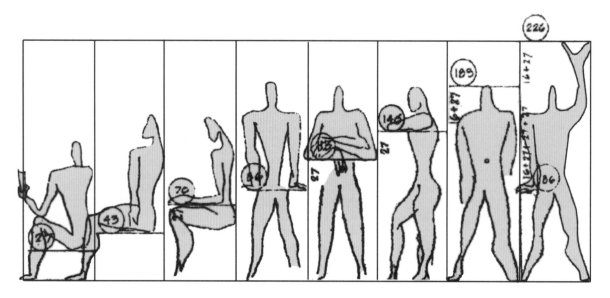

勒·柯布西耶将他的度量方法模度制，建立在教学和人体比例(功能尺寸)的基础之上。

位置，是形式与它所在的环境或范围有直接关联的地方。方向，是形式与地面正对的位置。视觉属性受人们观察的条件影响。

- 透视视觉或角度。
- 人与形体的距离。
- 光照条件。
- 围绕形体的视野范围。

日本国佐贺县立宇宙科学馆

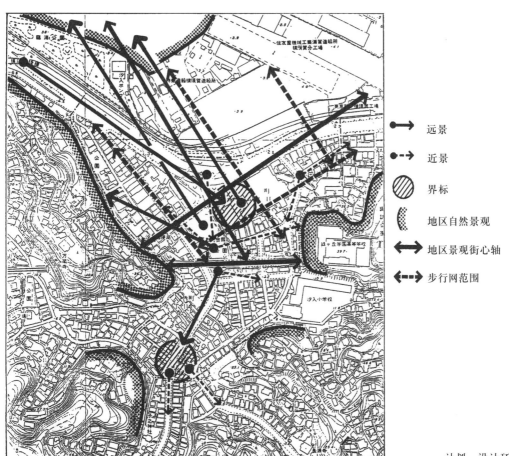

计划、设计环境景观分析方法

2-4 景观概念与景观构成

城市景观是城市形体环境和城市生活共同组成的各种物质形态的视觉形式。观察者的感觉和认知后获得其形象，此述属于城市美的研究范畴。城市景观的设计也可以说是城市美学在具体时空的体现，是创造高质的城市环境的有效途径之一。

随着现代城市生活质量的提高，人们希望生存的环境应具有内在的意义，具有美感，这对城市景观的要求越来越高。

城市景观构成：

● 自然景观。

● 人工景观。

● 活动景观。

自然景观是城市固有的自然环境形态，是山水、地形、地貌和气候等影响下的城市环境生态。

在城市设计中综合组织，科学合理地运用上述三种景观，对提高城市形象和城市环境质量都将起着重要作用。如对自然景观、古建物的保护与耐用，对人工景观的保护与创造，对活动景观的挖掘与组织等等。

景观是城市三度空间加上时间和对人的视觉、心灵感应等综合环境效应。环境设计是城市设计和景观的有机组成部分，是城市环境圈构成的诸多关系中的参与者，环境功能的不同空间性质和环境特点不同分类时应当具有灵活性。

环境设施服务宏观分类：

● 城市空间设施——城市整体空间形象的重要组成部分，它包括环境设施的单位和群体。

● 局部景观设施——城市装饰、广告标识，它是单位环境设施和群体设施的主要服务项目。

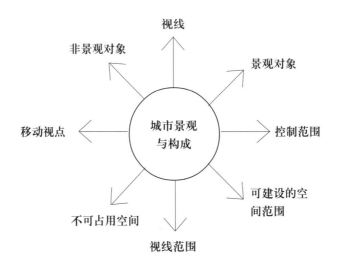

城市景观关系图

日本国宫城县图书馆外自然环境

日本国大阪海洋博物馆室内风景

2-5 空间环境构成与空间分类

空间环境

空间环境是由城市中的建筑物、构筑物、树木、室外分隔带等垂直界面和地面、水面等水平界面围合，由环境小品、使用者、使用元素等点缀而成的城市空间，这使它更离不开树木。

城市是三维的，由底界面、侧界面和顶界面构成，它们决定了空间的比例和形态构成。

- ● 底界面：地面，其形态构成包括道路广场、绿地和水平等。
- ● 侧界面：是由建筑立面集合而成的竖向界面。
- ● 顶界面：是侧界面顶部边线所确定的天空，是最自然化的界面。

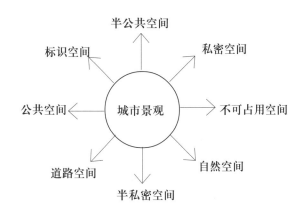

城市空间、城市领域性示意图

空间分类

城市空间可以按具有尺度感的空间的领域性进行分类。领域性（Territoriality）是美国奥斯卡·纽曼首先提出的一个城市空间的概念。人们各种活动与城市形体环境关系，确定人的各种行为活动要求有相应的领域。由此产生了公共性空间与私密性、半私密性空间，这为构成各空间体系提供了设想。在其中，人们都会发现人要求各种领域性不同的使用空间及存在感。

在城市设计中，人们首先想到的就是如何去保持城市空间序列的完整和连续性，使人的行为活动和视线被中断。因此，城市中心区的步行空间成为连接各街区的一种方式，其特点是相互交织，使不同的空间，不同的功能，不同的面积，不同的形态的各种空间都能实现各尽其用。

总之，城市空间分类就是对建筑物与建筑之间的设计。从狭义上讲，就是协调、处理由建筑物界定的空间关系。

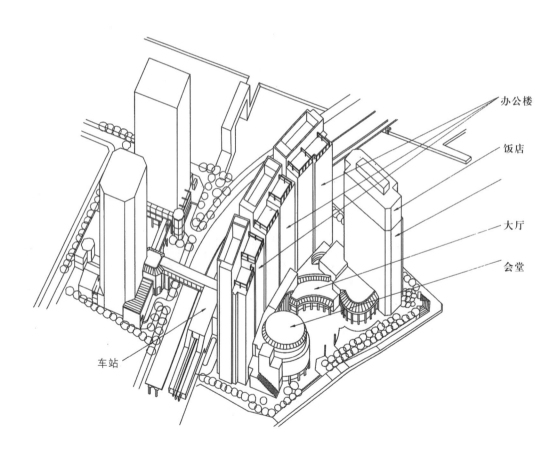

办公楼

饭店

大厅

会堂

车站

城市空间规划关系图

3-1城市外部空间环境起源及演变过程

在人类的历史长河中，最初人们只能依附自然，过着采集经济与巢居、穴居的生活。由此最初的生活空间布局呈环形，也就是说这时的人已有了初步划区布局。其形体环境说明已有了"形"和"模式"的存在。今天的城市规划、建筑学、景观建筑学、市政工程学，其形成与发展都是来自人类最优秀的生活环境设计遗产。

从古代亚洲、古希腊、古罗马时代开始，在东西方漫长的城市发展历程中，在不同程度上留给后人赞不绝口的优秀文化遗产是非常多的。

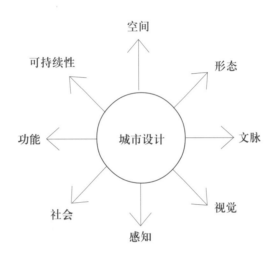

城市环境设计脉络关系

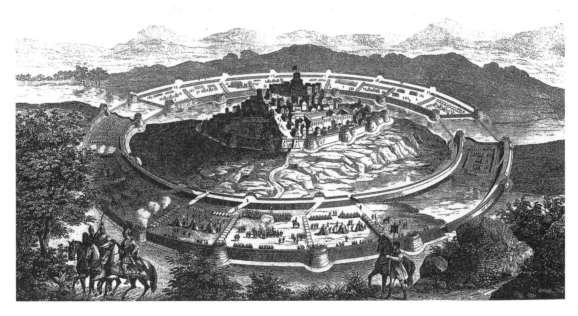

城市环境起源

古代城市发展的总特点，与当时的整个社会经济的特点是分不开的。无论是中国的奴隶社会，还是欧洲的同一时期，生产力虽然不断进步，生产关系不断发生变化，但在城市中至高无上的权威是统治者及宗教，宫殿、官府衙门是城市布局中最为凸出的主要建筑物。

历史上城市环境发展有两大类型：

一类为按照统治阶级的意图，从政治、军事统治的要求出发建设城市环境。

另一类为由于经济地位的原因在原地不断发展扩建的城市，在布局上比较灵活有一定的自发趋势。

18世纪欧洲工业革命爆发后，资本主义大工业的产生，引发了社会经济领域和城市规划结构的巨大变革，城市以惊人的速度不断成长，给城市分布及环境带来了不平衡，在城市建设上产生了种种矛盾。

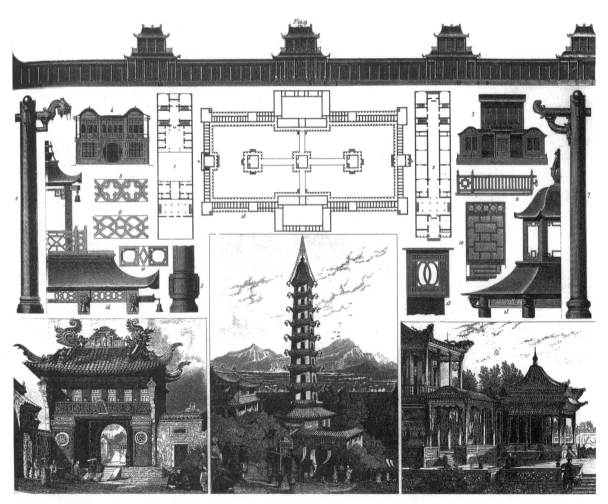

中国城市空间变迁

古代埃及城市变迁

中国古代城市空间变迁

中国古代城市空间变迁

3-3早期城市环境发展

●城市化进程的加快，使人口迅速增长，建设拥挤，密度过高，居住条件恶化；

●大工业的生产方式，引起了城市功能结构的变化，工厂盲目布局，工业与居住混杂；

●城市盲目扩展，造成车辆剧增和交通阻塞；

●工业的盲目发展，使废水、废气、垃圾污染了环境；

●缺乏整体建筑的规划，建筑艺术衰退，使城市环境景观质量低下。

第二次世界大战以后各国工业和商业经济迅速发展，城市化速度日益加快。20世纪50年代一些发达国家，在交通、通讯手段现代化的基础上，城市人口出现了向周围郊区发展的现象，城市核心地区衰退。到了20世纪70年代初，人们开始从节约能源的角度重新认识和评价郊区的开发和建设。这就是城市环境的"复苏"和"演变"活动。

今天人们的环境意识，确立了保护城市历史的文化活动。同时也出现"特色危机"，旧有的传统城市风格被大量的自我表现的"陌生者"、巨大的尺度、生硬的形体、刺眼的色彩冲淡，甚至破坏。

人们生活方式日趋多元化，城市环境不再只是简单的几块草坪，几张长椅子，而是应该能够满足各种各样的文化活动需要，同时又能充分展示自身环境的特殊魅力。

早期城市环境

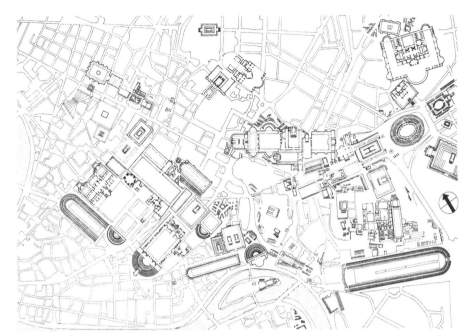

古代罗马

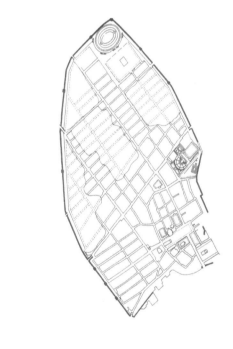

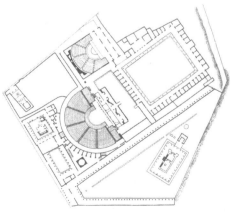

庞贝城市街道复原图

3-4现代城市外部空间环境要素与设计

现代城市广场空间环境构成要素大概可以分为视觉性与非视觉性。

●**视觉性**：绿化、道路、铺地、环境小品、构筑设施、水体、建筑和其他一切可视形象。

●**非视觉性**：人的行为和空间、情感要素、环境的文化内涵等。

下面，我们将外部空间环境设计要素中的绿化和环境小品部分作分析。

绿 化：

绿色空间是外部生态环境的基本空间之一，它使人能够重新认识大自然，维护大自然。绿化植物分为两类：自然绿化设计，即利用自然的植物去构成各种环境空间；另一类是人工绿化设计，利用高科技手段，创造理想的绿色环境空间。

绿化可以使空间具有尺度感和空间感，可以衬出建筑体量、小品形象及在空间中的位置。树木、绿草本身还具有引导和遮阳作用，又有分隔作用，可减少噪音，保持空间环境完整。

环境小品

环境小品泛指花坛、廊架、坐椅、街灯、垃圾箱、指示牌、雕塑等种类繁多的装饰物，它为人们提供识别、洁净等物质功能，更能为人们提供点缀、烘托、活跃环境气氛的精神功能。总之，一件完美的雕塑、指示牌等作品，不仅依靠自身的形态使环境有了明显的识别性，同时更加增添了整体空间环境的活力和凝聚力，对整体空间环境真正起到了烘托、制控作用。

茨城县厅办公楼及环境(日本)

茨城县厅总平面图(日本)

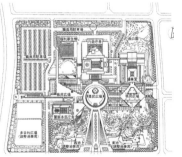

环境景观构成

自然景观
　动物
　　人自身
　　地方动物
　地质
　　山形地势
　　沙丘梯田
　植物
　　林海、草原
　　古木、松涛
　　花草、苔鲜
　水体
　　江、河、湖、泊
　　海岸沙滩
　　潭溪湍流
　　瀑布涌泉
　　水天舟波
　　碧波涟漪
　天象时令
　　云、雾、雨、雪、冰峰
　　日出、日落、朝霞、暮晖
　　月润月础
　　彩虹
　　四季相

赋形授意

虚拟景观
　历史传闻
　诗词碑记
　寓意象征
　神话传说及名人轶事
　古迹遗址

人文景观
　民土民俗及服饰
　　地域风俗
　　祭祀礼仪
　　歌舞乐曲
　具象景观
　　建筑景观
　　　城市风貌
　　　历史传统建筑文化
　　　现代建筑
　　　街道广场
　　　装饰艺术
　　环境艺术
　　　雕塑、彩绘
　　　庭院绿化
　　　街道家具小品
　　　池岸、水体
　　　铺地阶台
　　人自身的仪态

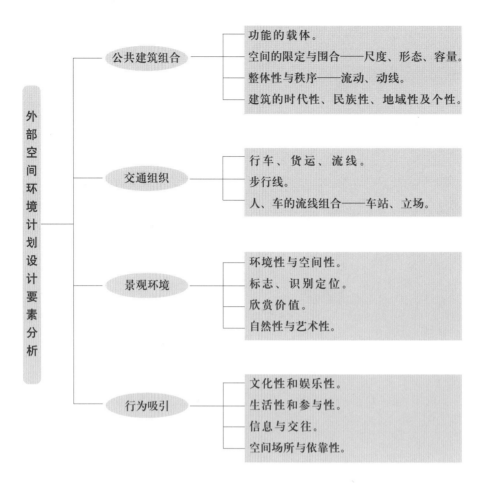

外部空间环境计划设计要素分析

- 公共建筑组合
  - 功能的载体。
  - 空间的限定与围合——尺度、形态、容量。
  - 整体性与秩序——流动、动线。
  - 建筑的时代性、民族性、地域性及个性。
- 交通组织
  - 行车、货运、流线。
  - 步行线。
  - 人、车的流线组合——车站、立场。
- 景观环境
  - 环境性与空间性。
  - 标志、识别定位。
  - 欣赏价值。
  - 自然性与艺术性。
- 行为吸引
  - 文化性和娱乐性。
  - 生活性和参与性。
  - 信息与交往。
  - 空间场所与依靠性。

利用自然地形、地貌注重整体环境气氛，创造视觉质量真实感，是追求外部空间环境设计要素的本源。

日本国宫城县北上川、运河交流馆

约翰逊　　1949 年设计玻璃住宅（美国康洲新坎南）

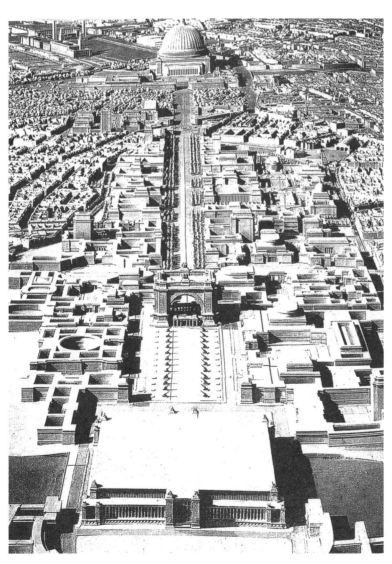

首都柏林规划模型（德国）

现代城市无论其功能，还是内容甚至形式都必须适应和满足现代社会、人和经济发展的速度。因此，在空间环境设计上出现了多功能复合空间要求，采用的手法也是多样的，在有限的场地上，创造出多个供人们活动的空间。建筑物和广场之间更加表现出共生和相互对话的关系。今天的广场成了多功能和综合化的组合，成了一个新的内容丰富的城市公共活动空间。

多层次空间为环境设计中利用空间形态的变化，通过垂直交通系统将不同水平层面的活动场所串联成为整体，打破了只在一个平面上作文章的概念。上升、下沉和地面多层相互穿插组合，构成了一幅多视角的垂直景观。它与广场相比，更具点、线、面相结合的空间构成特点，在层次性和戏剧性方面都比广场更有特点。

人们在实际调查中发现，广场中受欢迎的逗留区一般是沿广场边界和一个空间与另一个空间的过渡区域。人们的心里是宁愿去散步游览，也不愿在空旷无依的中心区域受人环顾。

由于城市历史文化保护运动的举行，表现城市的文脉关系现已成为时尚，并且反映到现代城市空间环境的设计中。注重城市广场环境的设计，是人类重视改善城市环境空间，减少和避免诸多城市问题的结果。同样，人们所制造的城市环境，也是一种文化观念的产物，它巩固和强化它赖以产生的文化。

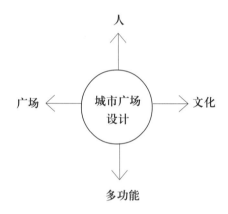

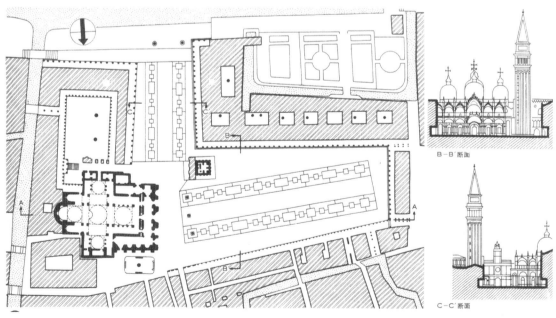

中世纪广场

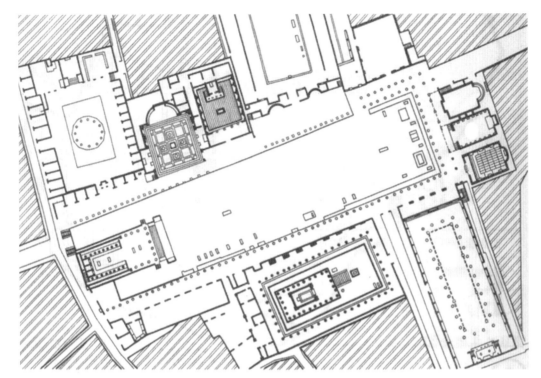

古代罗马广场

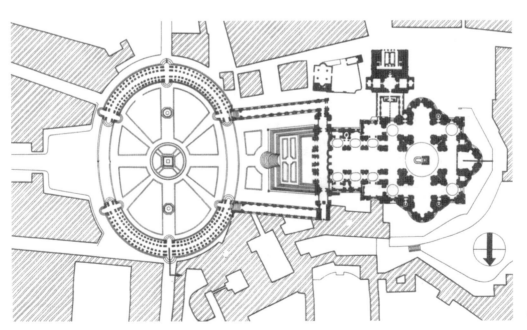

近代广场

合肥科技馆外环境设计 （王铁）

合肥科技馆外环境局部设计 （王铁）

天津保税区国际交流中心外环境设计 （王铁）

天津保税区国际交流中心外环境局部设计 （王铁）

4-1以人为本的原则把握外部空间环境体系

提出以人为本，提出可持续发展战略，是21世纪设计者，同时是人类对自身价值和地位的再认识，是人类社会的又一次大飞跃。现代城市间人们进行交往、观赏、娱乐、休息等活动的重要城市公共空间，它的规划设计目的十分明确，那就是更方便、更舒适地进行多样性活动。注重对人所存于的空间中活动环境心理和行为特征的深入研究，创造出不同性质、不同功能、不同规模、各具特色的现代城市空间环境，目的是要适应不同年龄、不同阶层、不同职业的人，并为他们提供一个多样化的空间需求。

人与使用的空间环境之间存在着复杂的多向关系。人在空间环境中是起主导作用的，理想的空间环境的设计与创造都是为了人，从多角度去满足人的多样化行为及心理需求，同时在一定的程度上环境又限定了人。不同的空间环境给人感受是不同的。为此，人的心理是人与环境之间的关系基础和桥梁，是空间环境设计的依据和根本。

外部环境设计关系图

在空间环境中活动的人，无论是自我独处的个人行为，还是公共的社会行为，都具有私密性与公共性的双重关系。与人共处的行为中距离是最重要的。在同层情况下，距离越近，关系越亲密，耳闻目睹，感知清晰，超过百米之上，虽然有形但已不能发生交流作用。

人在时间上对空间环境有几种表现：

●瞬时效应，指在所处空间环境的刺激下，即时产生的反应。

●历时效应，指景物、环境的刺激是按一定的序列展开，逐渐地带入一个又一个情景之中。

●历史效应，指城市空间环境的信息，是在历史的理解过程中不断生成和积淀的，形成物质形态背后隐着深层的文脉。

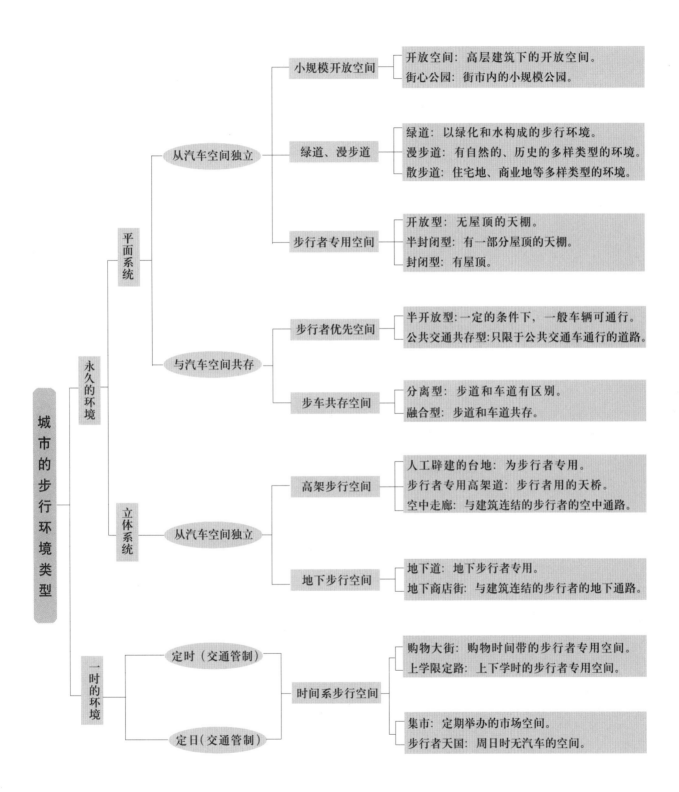

城市的步行环境的设备分类

- 安全系列设备
  - 防止事故设备
  - 防灾设备 → 防护栅、速装置、人行横道、过街天桥、反光镜、交通标志、交通信号灯,消火栓、火灾报警器。

- 辅助系列设备
  - 休息设备 → 拱棚、阶梯、车站、地铁入口、椅子、凳、桌子、太阳伞、亭子。
  - 卫生设备 → 垃圾箱、痰盂、水管、厕所。
  - 贩卖设备 → 小卖部、露天商店、自动贩卖机。
  - 游戏设备 → 游戏道具、舞台。
  - 无障碍设备 → 盲文说明、倾斜路、厕所、电梯。
  - 情报显示设备 → 介绍图、导游图、定点说明、时钟、限制标志、说明解释图、护间器。
  - 通信设备 → 电话亭、邮箱。

- 美化系列设备
  - 装饰设备
  - 象征物设备
  - 整理设备 → 陈列窗、旗子、路面铺装、装饰照明、泛光照明、植被、雕塑、纪念塑像、浮雕、门、喷水池、人工流水、存自行车栏、停车场。

- 多功能设备 → 林木、树丛、街头。

- 其他 → 水、水井盖、配电器、电线杆。

4-2可持续发展与生态原则

　　人类为自身的文明成果而自豪，高科技的发展创造了有史以来最先进的生产力和最丰富的物质生活。当今的城市化速度加快了，人口剧增，资源消耗过度，给城市环境质量带来不同程度的损害。新的生态环境不断恶化给人们带来的压力和紧迫感，以及摆在现实中的一切，使人们不得不重新审视自身的社会经济行为和经济历程。由此，人们认识到人类应与自然和谐共存，为子孙提供一个良好的生态发展空间，实现可持续发展。

　　可持续发展的生态原则就是遵循以下生态规律：

●生态进化规律。

●生态平衡规律。

●生态优化规律。

●实事求是，合理布局。

　　在城市环境设计上，讲求从城市生态环境的整体出发，在点、线、面不同层次的空间设计领域中，利用自然，再现自然，同时强调其生态小环境要合理，既要有充足的阳光，又要有足够的绿色植被，为人们的各种活动创造出更美好的生活环境。

某地区广场（日本）

　　在旧建筑与新建筑发生矛盾时，设计师利用地形、地貌，在保护原有建筑的同时创造了一个半圆弧形空间，给新、旧建筑和谐共处于同一环境中提供了较好的范例。

形状、尺度，有可变特征及实际度量。形状是指物体的表面周边轮廓的特写造型，度量实际是它的长、宽和高，度量的特征确定了形式的比例，物体的尺度则是由自身的尺寸及与周围其他形式的关系所决定的。

色彩、质感，是指形式表面的色相，即明度、色度。色彩是与周围环境相区别最有表现力的一种特殊属性，它在不同程度上也影响形式的视觉重量。而质感的变化直接影响到形式外表。人们对它的直接感受是来自触觉和视觉的变化。

位置，是形式与它所在的环境或视觉范围有直接感受的地方。

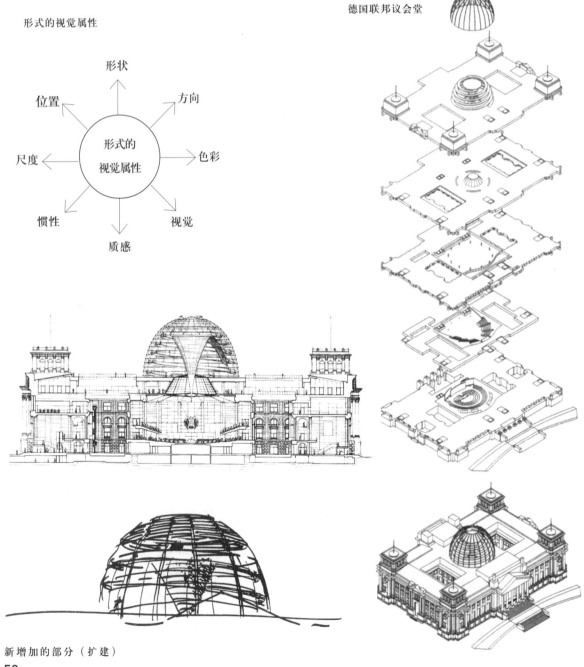

形式的视觉属性

形状
方向
位置
色彩
形式的
视觉属性
尺度
惯性
视觉
质感

德国联邦议会堂

新增加的部分（扩建）

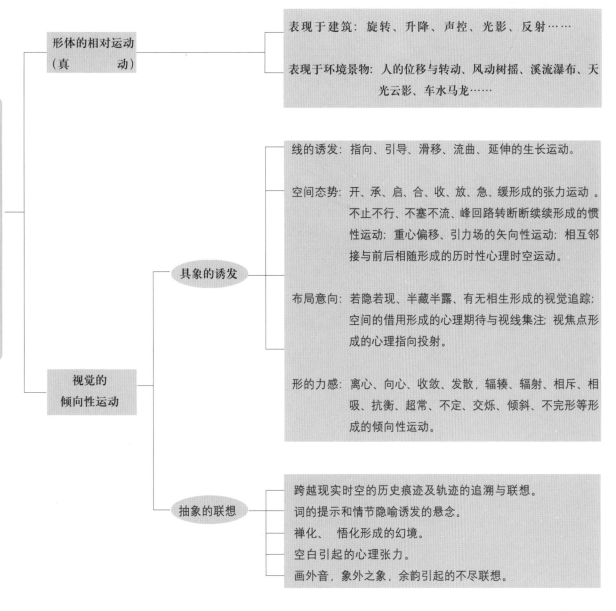

城市建筑空间的动态与情势

形体的相对运动
（真　　　动）

表现于建筑：旋转、升降、声控、光影、反射……

表现于环境景物：人的位移与转动、风动树摇、溪流瀑布、天光云影、车水马龙……

视觉的
倾向性运动

具象的诱发

线的诱发：指向、引导、滑移、流曲、延伸的生长运动。

空间态势：开、承、启、合、收、放、急、缓形成的张力运动。不止不行、不塞不流、峰回路转断断续续形成的惯性运动；重心偏移、引力场的矢向性运动；相互邻接与前后相随形成的历时性心理时空运动。

布局意向：若隐若现、半藏半露、有无相生形成的视觉追踪；空间的借用形成的心理期待与视线集注；视焦点形成的心理指向投射。

形的力感：离心、向心、收敛、发散，辐辏、辐射、相斥、相吸、抗衡、超常、不定、交烁、倾斜、不完形等形成的倾向性运动。

抽象的联想

跨越现实时空的历史痕迹及轨迹的追溯与联想。

词的提示和情节隐喻诱发的悬念。

禅化、 悟化形成的幻境。

空白引起的心理张力。

画外音，象外之象，余韵引起的不尽联想。

联邦议会大厅（德国）

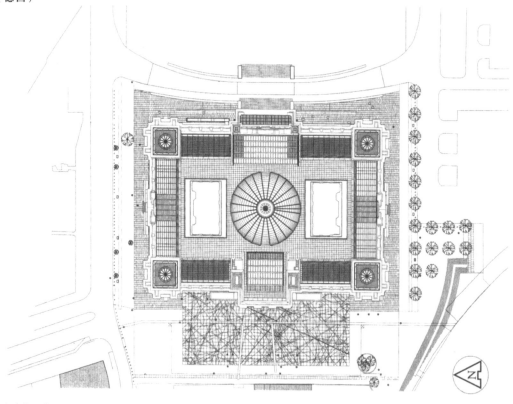

联邦议会总平面（德国）

0.9~2.4m 一般谈话范围：人与人距离较近，可看清谈话者表情，可以听清语气及其他一些细节。

12m以内 公共距离：可区别人物面部表情。

24m 视觉距离：可认清人物身分。

150m以内 感觉距离：可辨别人物的身体姿态。

1200m 人眼最大视距：可看到人的最大距离。

4-4 空间环境设计要素构架

● 以自然要素作为参照构架

● 以人文要素作为参照构架

未来是神奇和魅力无穷的，它使人们为之作不懈的探索，付出艰辛的代价。空间环境设计通过富于理想的构思、创新及高技术手段，向人们展现无限的希望。

室内外空间一体化（日本）

现代城市雕塑创作

选题
├─ 无主题 ── 与环境和空间无内在联系的纯装饰性和趣味性的雕塑，其主题的多义、多元与不确定性，任凭人们联想。
└─ 有主题 ── 历史的。
            现代的。
            未来的。

造型
├─ 具象的 ── 记号性表达，内容与形式完全一致。
│   符号性表达，用象征手法，寄情咏志，以物托情。
├─ 抽象的 ── 模拟某一种对象，进行变形、提炼、升华。
│   模拟某几种对象，进行变形、提炼、升华。
│   无固定对象，进行夸张、变形。
└─ 半具象半抽象 ── 从无到有，从隐到显，从抽象到具象有层次的变化。
                  混杂交错，时有时无。
                  似与不似，像与不像之间。

选材
├─ 石材 ── 天然石材：花岗石、汉白玉、青石、大理石。
│   人造石材：混凝土、铸石、陶瓷。
├─ 金属：铝、钢、铜及其他。
└─ 其他 ── 玻璃。
           玻璃钢。
           石。
           冰。
           雪。

选地
├─ 点——室内、外环境景点中的主题雕塑。
├─ 线——沿线形展开的连续性主题群雕。
└─ 面——以序列性题材展开的雕塑公园。

设计上创造个性（特色）是指在设计过程中布局形态、势态、姿态与空间环境诸方面所具有的与其他（设计者）不同的内在本质和外在特性。个性的创造绝对不同于简单地对环境的"粉饰"，更不是靠套用或挪用他人的现成结构与模式。任何设计师的心血来潮、凭空臆造都是不可能创造出富有个性的设计作品出来的。成功的个性设计是在对环境的功能、地形、区位与周围环境的关系以及在所处环境空间体系中的地位作全面分析，在符合其特点、满足功能需要、协调环境、创造自然生态等方面进行反复研究，使其设计既具有地方特色、时代信息，又与现实生活紧密结合，互补长短。

一个有个性、有特色的设计，不仅为使用的人们感到愉悦，而且能引来人们对所处空间环境产生自豪感。有个性、有特色的环境设计，它的空间构成结构有赖于它的整体布局，包括对建筑、空间、道路、地形与小品街具有细部塑造。同时更要注意与所处地位整体环境风格的协调，反之就失去了个性，失去了设计。

某城市公园（日本）

某城市公园（日本）

　　外部环境设计在计划、设计开始之前即最初阶段，要对被计划、被设计对象有明确目的性。在确立主题，在对主题全面理解的条件下，才可进行初步计划、初步设计。这要求设计师必须掌握理解了内外空间环境的机能、动线设定与设计上的注意事项及与各功能空间的关系。

　　计划、设计要从分析开始，必须把计划、设计过程中出现的问题加以分析、整理，归纳出详细的资料，弄清问题的来龙去脉，消化收集相关资料，这是计划、设计过程中最重要的阶段。同时，对上述的探索、研究和分析、运用是丰富初学设计者在设计语言方面的最佳方法。

　　环境艺术设计作为一门艺术，它的追求不仅仅是为了满足设计任务这种纯功能上的要求，还一定要把它融入艺术中。在原则上，外部环境设计在物质上的表现是顺应自然伴随各项活动的，这就决定了环境空间和形式的设计要素构成。外部空间环境可以激发人们的积极性，引起反响，更重要的是它可以表达某种文化含义。研究探讨这些形式和空间要素绝不同于最终目的，它只是一种为设计解决诸多问题的手段。在符合功能基础和意图上重要的是同周围的关系，这就为设计者养成一种从外部空间环境看问题、分析问题的操作方法。

　　对于一个学习研究设计的人来说，掌握外部空间环境形式和基本要素，搞清在设计概念发展过程中如何去处理这些要素，以及在设计方案的实施过程中领会这些要素的真正含义，具有重要意义。例如，在构成空间组合面的形成之前，人们必须先学会怎样使点生成面，进而达到空间，也就是说必须要懂得如何使用原理，一旦初学者掌握了它的形式和空间的基本要素，在设计方案的实施中领会这些要素的视觉含义，就会在实际设计中颇有裨益的。

日本国某公园外部环境

日本国某公园外部环境

日本国姬路某大学外部空间环境

外部空间环境是人类社会文明发展带来的综合产物，是城市化过程中出现的复杂的聚集形式，综合反映着社会的发展过程和进化水平。外部环境设计是伴随着城市而出现的，同时又伴随着城市的发展而不断深入。追溯城市设计始点问题，可以说，有了城市和建筑也就有了外部环境设计。

外部空间环境设计虽然是一门被人们认识不久的新兴学科，但是它有着悠久的历史。金字塔、方类碑、万神殿等等，古人为后代留下了许多优秀的历史文化遗产。从这一点上讲，城市设计又是一个古老的学科，只是在社会发展的一定阶段之前外部环境设计对它的需求不及其他学科那么迫切罢了，认识它的过程也需要一定的时间。

随着城市现代化进程的加快，城市环境设计问题越来越突出。现代城市环境设计为人们所认识，并日益受到普遍接受和高度重视，逐渐发展成为一门独立的学科。

外部环境设计是以城市形体环境为研究对象的学科。从设计学科的观点来研究城市环境的空间发展及其发展过程中所形成的形体环境问题。因此，在探索都市环境设计之前，首先让我们对城市做一个概括性的描述。

从城市环境发展的角度去理解，城市环境是社会与经济发展的高度集中的结果。我们可以通过对城市的文字含义来理解。

就城市空间环境的成长过程说起，大致可以把它分为两大类：

一类是规划的城市空间环境，这种城市空间环境比较科学，它是计划发展条理分明的结果，同时也展现了城市空间环境生命。

另一类是自然形成的自由生长的城市空间环境，后果就是混乱、无章法。

东方人的城市空间环境设计，从东方文明基础文化可以体会到其精神内涵，它们是比较自由的。

欧洲人的城市空间环境设计，是与欧洲文化与文明分不开的，特别是最有代表性的古希腊、古罗马和文艺复兴时期的一些名城。

城市空间环境的发展离不开城市的计划与建筑形成，无论如何，城市环境离不开有计划性的科学设计。

计划

计划是从人类设计技能的本质出发探讨设计行为规律的科学。目前，"计划"一词被人们广泛地应用到各个领域。

计划的分类

按计划的目的分类，计划可分为如下：

1．是通过周密调查，广泛收集信息，综合分析，切实做到提案的可行性。

2．是以实用及已存在的条件为主体，先是小范围的做实验，得到初步结果后再提出可行性方案。

设计的分类

在落实计划的基础之上，按设计目的分类，设计可分为：

1．以通过视觉传递给人们各种信息为目的的传达设计。

2．以实用功能为主体的构成人类生活环境为目的的形体环境设计。

无论何种设计都要显示其艺术与技能方面的共性，也就是说需要艺术与技术的结合。

设计过程（草图阶段）

简而言之，设计过程大致可分为以下几个步骤：

1. 提出问题

设计活动的运作，就是要解决存在的问题。当然设计者首先要能够提出问题，寻找和发现问题，用分析方法，把出现的问题分解，找出解决问题的方法。

2. 确立目标

在开始设计时必须把握阶段目标，要制定要素及分析图，包括人的要素、环境的要素和技术的要素。深入研究他们之间的关系，是确立设计目标的重要步骤。

3. 确立形体与环境设计

城市形体环境是城市范围内可视环境。其组成结构分为：

● 设计。

● 管理。

● 开发。

这当中涉及最多的问题就是设计，按城市建设的步骤划分，设计学科被分为：

● 城市规划设计、城市设计。

● 建筑设计。

● 景观建筑设计。

● 家具设计。

学科之间相互依存、相互影响。

4. 外部空间环境设计概念

对外部空间环境设计概念的理解和表达是多种多样的，不同的专业有不同的着眼点，综合各专业之说，主要观点为：

● 形体环境论：从三维角度出发，对空间环境形体的设计或对公共环境的设计。

● 规划论：城市设计是城市规划的一个阶段一个分支，是由空间环境规划的。

● 建筑论：城市设计是对空间环境秩序的创造，是大规模的建筑设计。

● 管理论：城市设计是政府职能的一部分，是运用法律、法规等手段控制城市的综合手段。

● 全过程论：城市设计贯穿设计的全过程，是解决经济、社会和物质形式问题的手段。

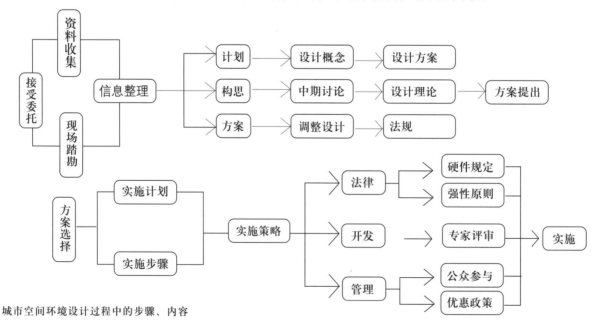

城市空间环境设计过程中的步骤、内容

5-1 98级二年级空间环境设计教学任务书

教学要求

● 掌握城市外部空间环境设计的一般原理，了解环境设计的发展过程，加深对环境设计要素的进一步理解。

● 计划、设计之前要对被计划、被设计对象有明确的目的性，在确立主题，在理解主题的条件下，进行初步计划、分析、设计。重点放在计划、设计中的构思过程上。

● 根据各人对城市外部空间环境问题的不同理解和对实际生活的观查、调查，在城市外部空间环境设计问题上进行探索、创新。

设计课题

● 地点：城市的一个区域，拟建设一个开放、休闲的环境，形式不限。

● 用地的面积为:18125 平方米。

● 市政工程及法规不在要求的范围内。

方案要求

● 必须掌握外部空间环境设计构成要素及形态。

● 了解内部空间、中部空间、外部空间对象和比例、功能、种类等。

● 运用设计语言，点、线、面的构成关系及设计上的注意事项，强调分析过程。

● 创造概念一新的想法及设计方法。

图纸要求及内规格

● 要求有封面、目录、编排方法、参考书籍。

● 用纸为 A3 标准纸。

● 除引用图纸，表现方法一律为手画。

● 图纸内容

总平面图：S=1:500（平面、道路、绿化、铺地、标高变化等）

● 单元构造布置图、动线分析图、功能分区等。

● 设计说明及主要构思方法表达。

在像车间的社会中，

人们像上了发条的齿轮不停地转动，

从一个空间到另一个遭受着同样经历的空间，

麻木而呆滞，

在焦虑和急促中度过。

在戏剧性的社会中，

在高楼林立的街区夹缝中，

应该有一个空间让我们得以喘息，

让我们思考和过滤，

恢复麻木的心灵。

设计说明

广场，城市中广阔的场地，在飞速发达的现代，有着其特殊的作用。现代城市拥挤繁杂，人们苦于奔波之中，需要一个能得以喘息的空间，给以足够的视野，给一份安宁。因此我将要把这种思想贯注到我的设计中，并将这广场置于繁杂的街区中。

设计由广场而开始的，整个方案都在把握广场的特殊作用，并由轴线和功能入手，逐步确定以下沉广场来作为整个设计的中心，使之与凸出的博物馆产生量的正负对比。主轴线由博物馆、下沉广场和主入口完成，纵伸整个地域，原有地形中的人行通道改为地下通道，连接商业和住宅区，以保证广场的完整性，同时在地上部分做地面铺装，作为次轴线存在。广场内设有休息、活动区域、停车场、快餐厅、售卖厅以及各种公共设施。在整个设计中，力求简练、明确，以使设计语言纯粹，强调广场本身体量和视野上给人带来的感受。在设计过程中，否定为设计而设计的错误理念，强调人性化的设计思想。广场设有主入口和辅助入口，主入口旁设有停车场，以方便城市交通系统的正常运行。在主入口处另有一块缓冲地带，作为广场和周边环境的过渡，然后进入视野极开阔的主要空间区域，并将主要建设广场作下沉式设计，以下沉广场为基点。南向区域为主要活动区域，北向区域设有快餐厅，作为休息区域，并分设休息和活动设施，模糊两块区域的具体界线。在主轴线最深处为私密区，位于博物馆后面，由博物馆、水池和树林作围合设计，广场内交通体系由主轴线、次轴线承担。整个广场由水泥板铺装，板块间内种植草皮，并在场地内放置雕塑小品。

设计理念决定了设计思路，因此人性化的设计理念决定我对广场的特殊作用的设计。（李震）

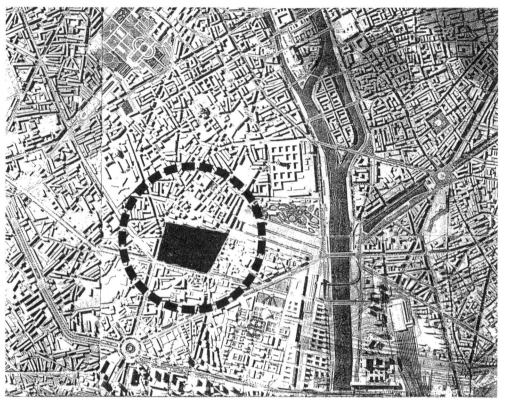

设计区域位置图

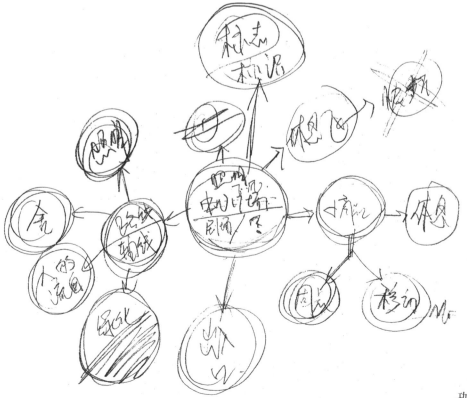

功能分析图

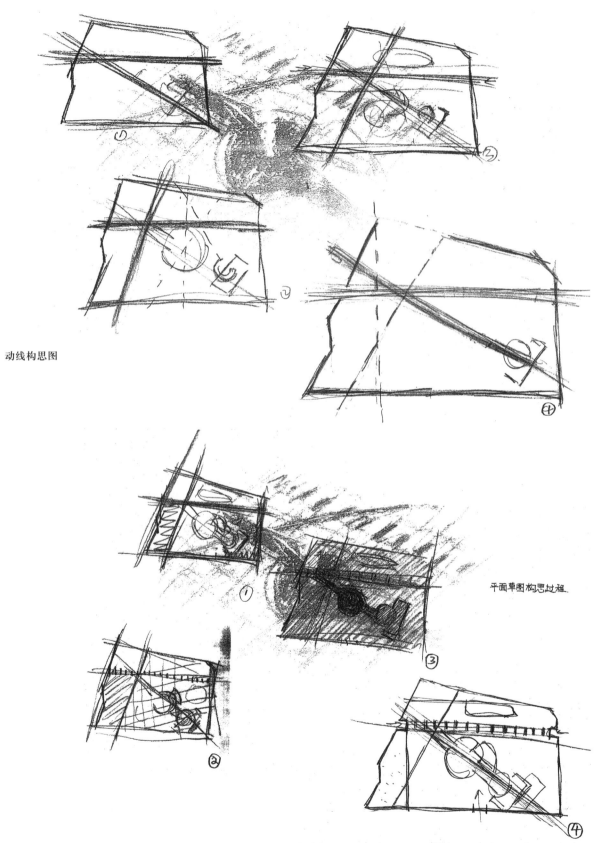

动线构思图

平面草图构思过程.

平面构思图

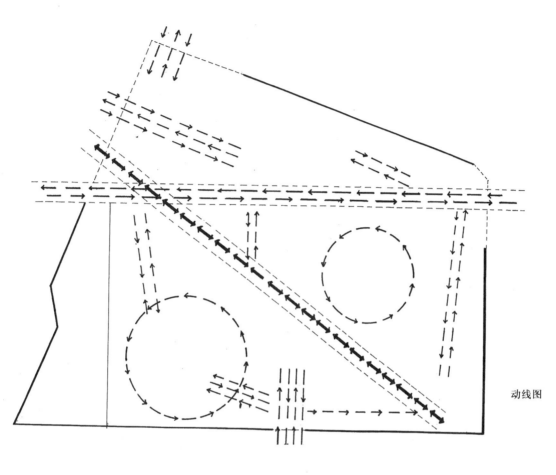

动线图

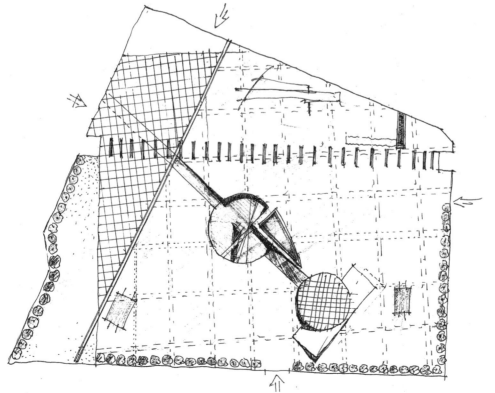

平面草图

小品构思图

1 下沉广场、主要区域

2 主入口，缓冲地带

3 餐饮区、辅助区域

4 主要活动区域场

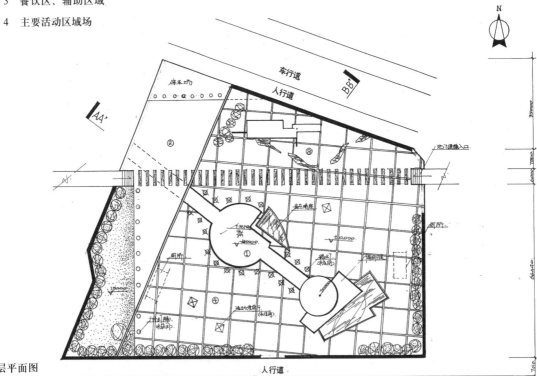

一层平面图

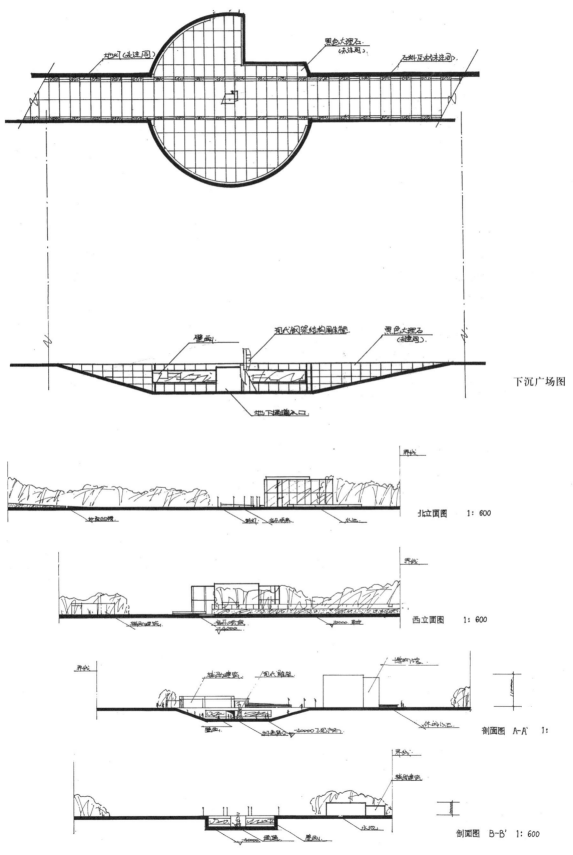

下沉广场图

北立面图　1：600

西立面图　1：600

剖面图　A-A'　1：

剖面图　B-B'　1：600

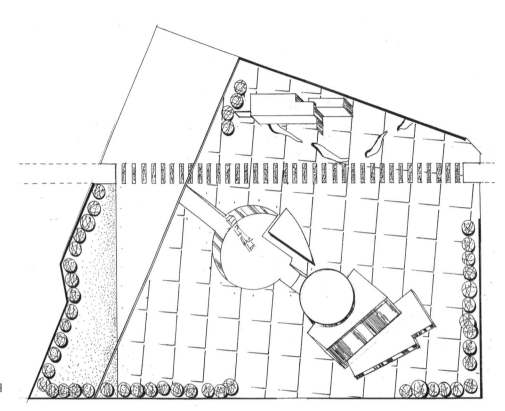

主要立面、断面图

设计题目：为恢复麻木心灵的广场而设计

教师评语：较好地处理了新与旧的关系，在分析方面始终紧扣主题。整体配置关系；空间层次分明，识别性强；较好的利用了原地形、地貌，并使单元空间更加舒畅。

在设计中主线明确，强调"以人为本"的构思原则，空间布局合理，动线、轴线设定恰到好处。在分析过程中，在局部表现上都体现出简洁大方的风格。

这是一个有创见的设计方案，它从多视角度去分析，并提出了一个全新的概念，大胆的方案中作了有益的尝试，是一个具有现实意义的佳作。

设计区域位置图

商业中心广场设计

总体构思

从拿到课题起，我就从多角度考察其应具备的条件，比如如何选择有利的地形，怎样把握它身处的外界环境，以及充分发挥其应有的功能等等。从题目在当今社会所起的重要作用和价值考虑，我选择商业办公区为它的周边环境，以水为主题是因为水能充分表达我对过滤空间的理解和想法。当人进入此空间时，处处能感受到水的流动。根据水的不同分类和流水的不同形式划分为几个区域，使人的身心能够得到真正的清洗和净化。设计此作品实际上是我的一种寄托，本想让它作为一种过渡，从紧张、浓重、压抑的商业气氛中过渡到新的田园气氛。但所做的一切都无法脱离其本身固有的外界条件，就是它身处商业大潮中。作品的实在性在于人的实在性，人的本性很难从一件事物中完全表现出来，但在此设计中，我全力争取。作为人，我却喜欢一种完全的开放性的自然，可是怎样使两者能够完全成功地表现在一起，就是我这件作品所要表现的实际意义。（源泉）

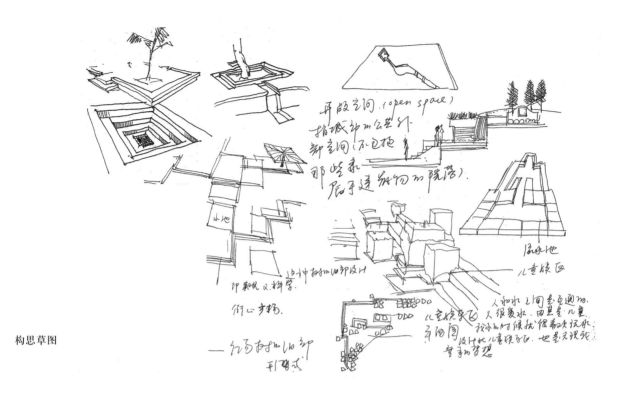

构思草图

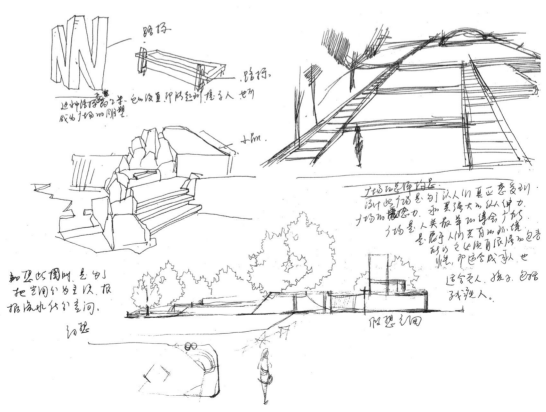

构思草图

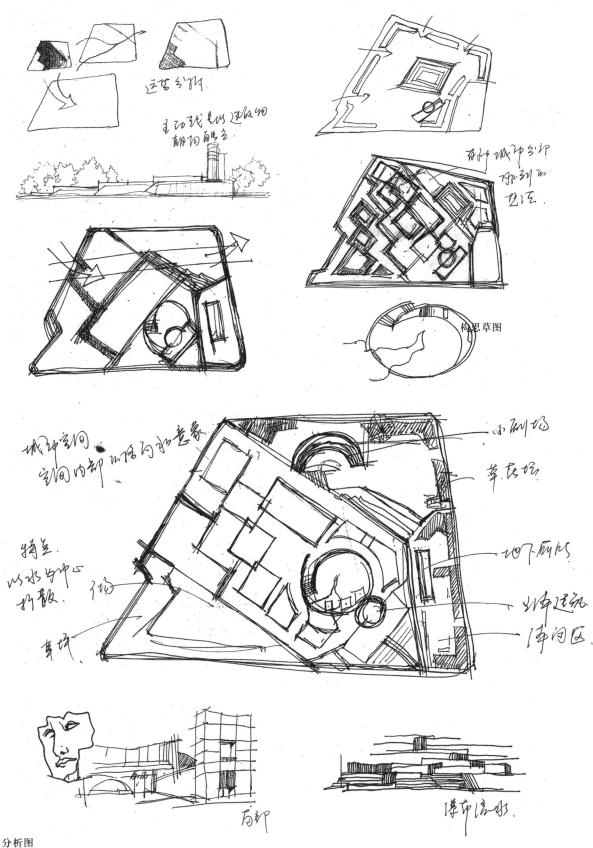

分析图

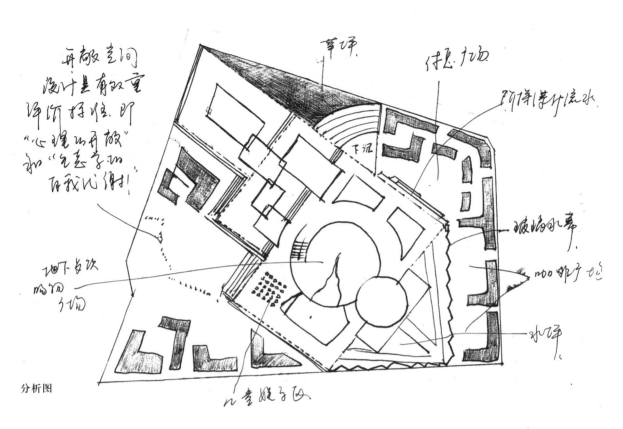

分析图

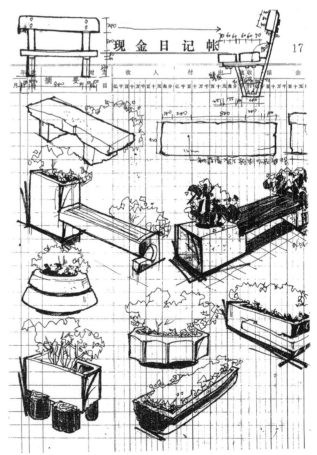

街路家俱草图

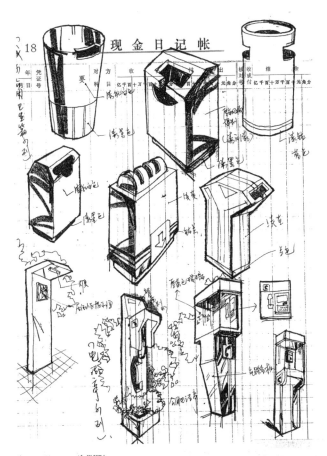

街路家俱草图

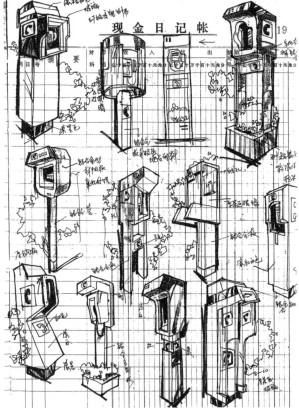

街路家俱草图

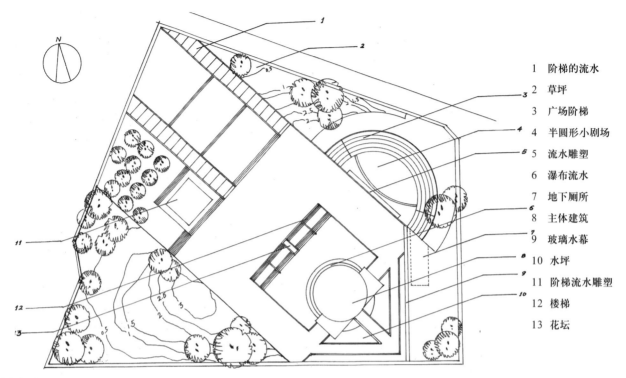

1　阶梯的流水
2　草坪
3　广场阶梯
4　半圆形小剧场
5　流水雕塑
6　瀑布流水
7　地下厕所
8　主体建筑
9　玻璃水幕
10　水坪
11　阶梯流水雕塑
12　楼梯
13　花坛

一层平面图

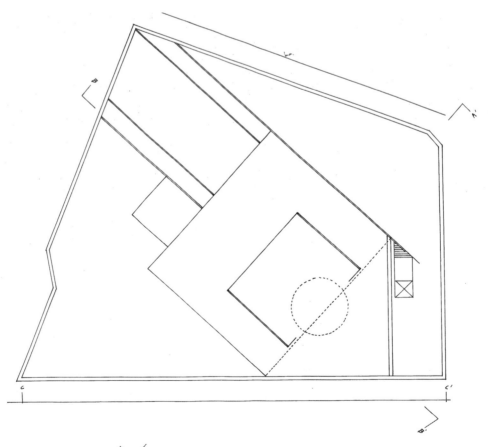

二层平面图

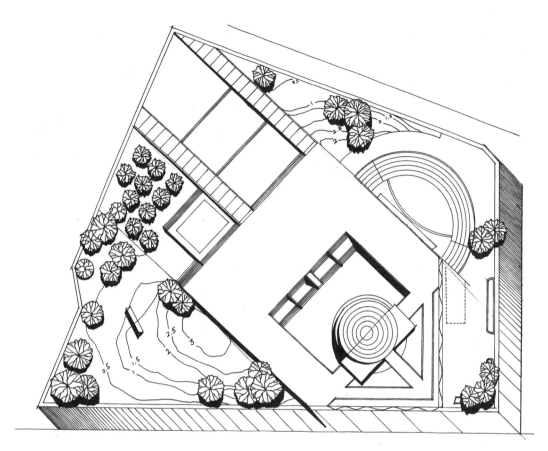

轴测图

设计题目：商业中心广场设计

教师评语：总体布局简洁明确，在以水为主题的立意下，从不同的角度分析、利用地形去探讨、追求表现方式，达到了完全开放的自然与人工设计的有机结合。设计中体现了从紧张、浓重、压抑的商业气氛中走向相对平静的田园环境这一思想。

分析从小到大各功能空间都可以相对独立，两层的连接关系合理，在基地内组织了富有变化性的空间序列，同时避免了因多变化而带来的各种问题，显示了设计者较强的空间设计能力。这也是一个注重空间层次和活动领域感的佳作，并为周围工作、生活的人提供了一个充分的交往空间。

环境地形位置图

办公区中心广场设计

设计说明

空间类别：四周高，中心低，盆地地形。

环境：繁忙、紧张、高效、单调的办公区，东面临海。

构思：散步空间，一个闲庭信步的优雅之所。

当人们置身于这个被树林草地包围的区域时，一切烦恼、忙碌都会置之度外，而沿着一条碎石小路渐渐地进入我这个散步空间。

曲线，自然形给人们以亲切活泼的感觉，利用这种造型与人们情感的关系，创造出亲切宜人的环境；而直线给人以严肃的庄重的感觉。在这个周边为办公区的地方，直线辅助曲线，也是起到协调统一的作用。因此，在此设计中，根据地形、环境需要，主体为下沉式圆形广场，围绕它辐射出多个外连廊，将各方位的景观连通起来，形成了内与外，上与下，左与右相互交融的环境氛围。

城市广场决不仅仅是建筑物前面的一块铺地，步行商业街不仅仅是一条两旁整齐地排列着一个个商店的笔直街区，它们不但在平面上富于变化，同时还向着立体型发展，不同的标高对人们有着不同的反应。当人们处于下沉广场中，沉浸于瀑布的响声时，这里成了远离尘嚣的场所；当人们阔步于天桥，俯视一切时，现实生活又会被重新审视；当人们登上钢架桥，眺望远方海景的时候，生活的希望仿佛就在不远的将来。本设计以边走边看感受的行为方式，以流动空间为主要景观，意在为工作的人群创造一个调节生活，缓解工作的氛围。（孙贝）

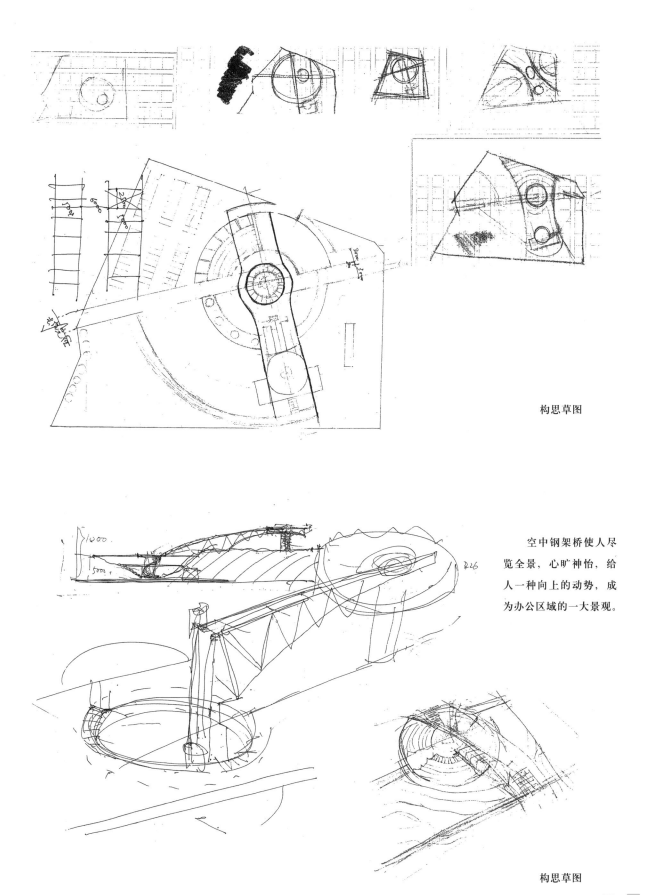

构思草图

空中钢架桥使人尽览全景，心旷神怡，给人一种向上的动势，成为办公区域的一大景观。

构思草图

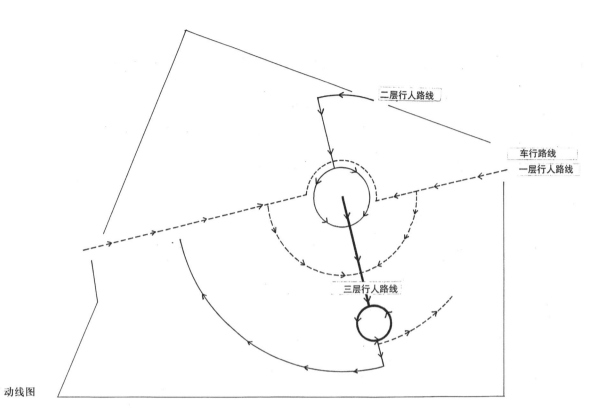

动线图

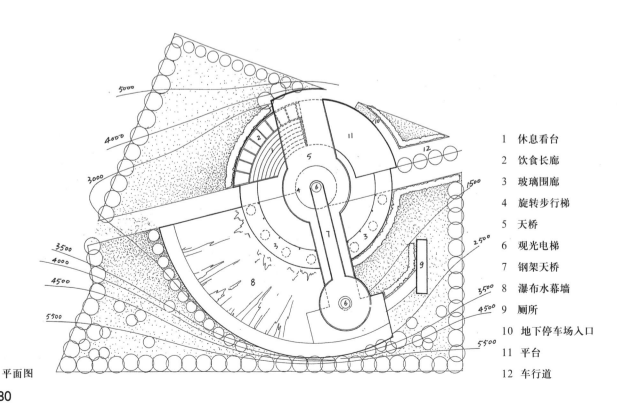

平面图

1　休息看台

2　饮食长廊

3　玻璃围廊

4　旋转步行梯

5　天桥

6　观光电梯

7　钢架天桥

8　瀑布水幕墙

9　厕所

10　地下停车场入口

11　平台

12　车行道

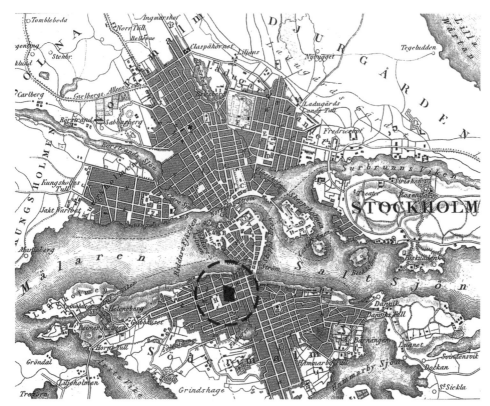

设计区域位置图

戏剧城市广场设计

总体构思

在机械化高高运转的城市中，

广场为人提供休息、餐饮和娱乐的场所。

为人提供交流与思考的机会，结合二者动静，

通过广场集合人群，交流娱乐的形式，使之重新回到群众中间，

使实验的创作者有多元化、动态的表演场所。

使观众参于到创作与体现者的活动中去。

由于人们交往而形成的一致性正是戏剧的本质。

　　——(俄)奥赫洛普科夫。(孙贝)

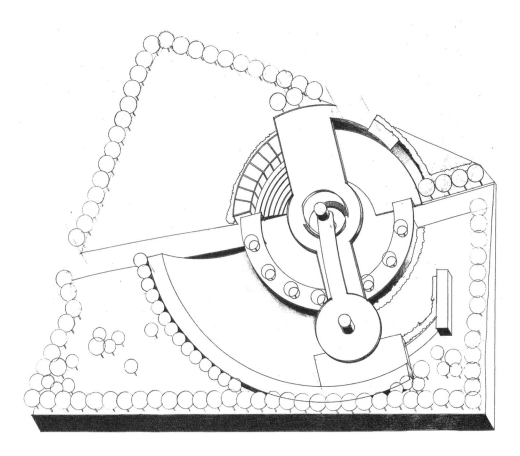

轴测图

设计题目：办公区中心广场设计

　　教师评语：设计紧紧抓住了新处环境的特殊性，较好地分析了基地的现状环境。以办公区域为文化背景，对现代城市开放空间环境形式展开讨论，合理的利用了地下空间与空中走廊的视觉质量，突破了生活中常见的公共空间处理手法。地上建造物造型大胆，有创造性。

　　新建筑物空间以及造型要素，从体现城市脉络开始分析，力求通过各种表现手法，创造出能充分表达设计主题的空间特质和空间环境形象。

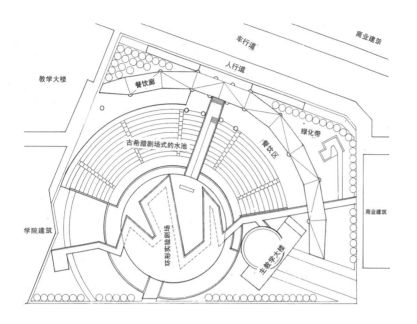

地形设定

设计说明：

戏剧广场居于剧学院与商业性建筑的过渡区域。

古希腊剧场形式的水池提醒人思考古典戏剧——这是戏剧的起源。环形实验剧场

提供人动态的四维空间（空间＋时间）进行戏剧活动。

水池边的餐饮区有完整的景观视野。（曾骊）

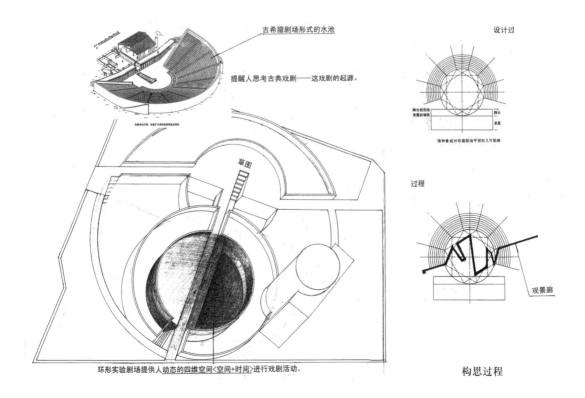

古希腊剧场形式的水池

提醒人思考古典戏剧——这戏剧的起源。

草图

环形实验剧场提供人动态的四维空间〈空间+时间〉进行戏剧活动。

设计过

过程

观景廊

构思过程

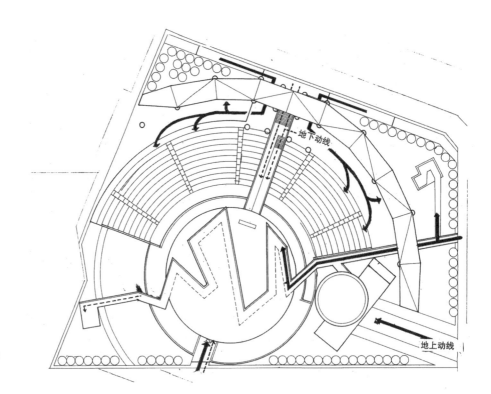

动线分析

功能分析

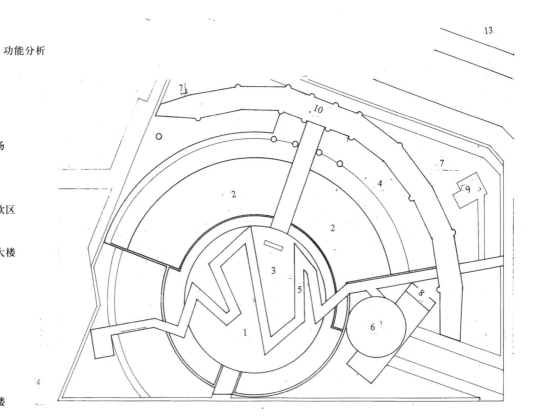

1　实验剧场
2　水池
3　观景台
4　露天餐饮区
5　观景廊
6　主教学大楼
7　绿化带
8　厕所
9　休息区
10　餐饮部
11　休息台
12　道路
13　商业大楼

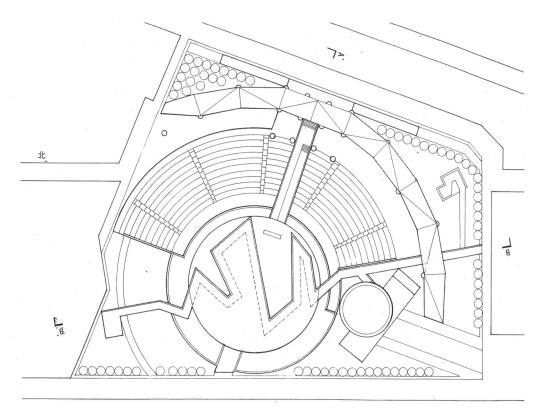

总平面图

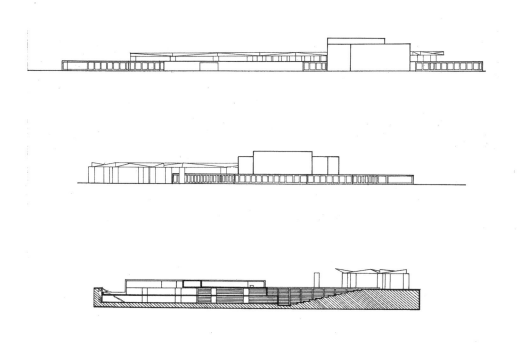

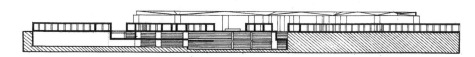

主要立面、剖面图

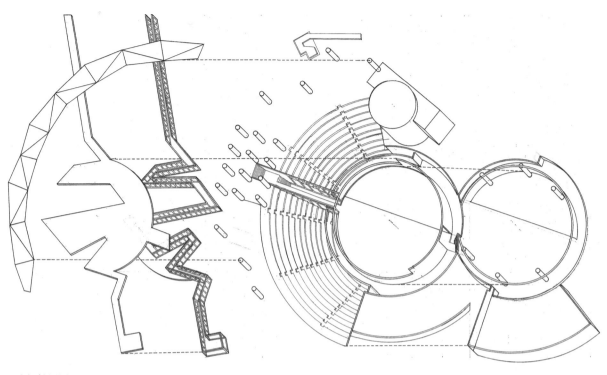

分析轴测图

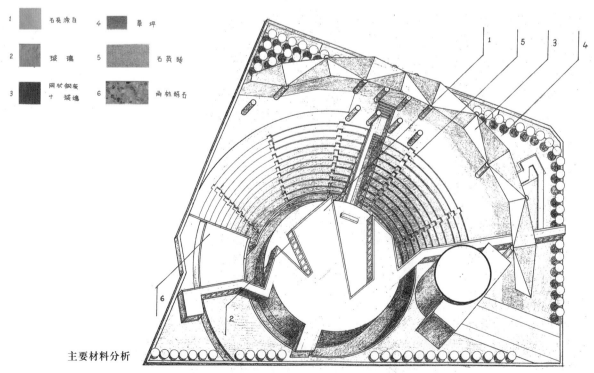

1		石英涂白	4		草坪
2		玻璃	5		石英砖
3		网状钢板＋玻璃	6		雨帆碎石

主要材料分析

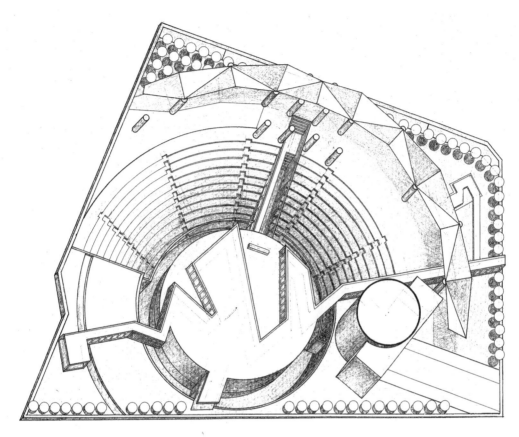

轴测图

设计题目：戏剧城市广场设计

　　教师评语：地理环境选择大胆，同时具有挑战性。立意给作品增添了更多的文化内涵。把剧场里的舞台边框自然的省去，并以现实中生活的场景作舞台，以周围环境为布景，力图再现文明时代的剧场意象，借助圆形平面、动线设计使参观者经历人间大戏台，而圆——环境——后台——前台的空间也一体化了。让来广场的人身临其境去体验往昔和现实景观，演绎共存的感受。设计尺度和文脉能够较好地融入城市空间，同时也强化了设计主题。

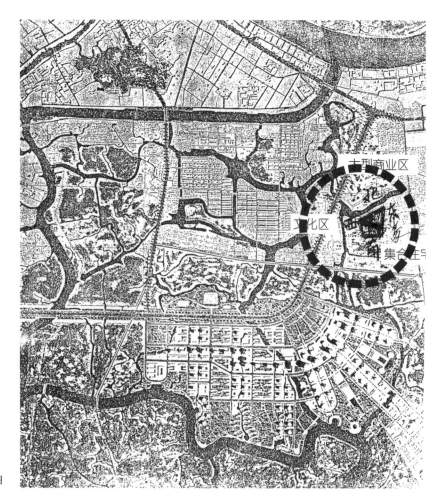

设计区域位置图

海滨城市广场设计

设计说明

基地环境：某城市海湾开发区。

广场类别：休息娱乐广场。

构思过程：符合总平面图平面秩序，东南向海，西北靠山。

　　将平面的概念转换为对海与石的形象设计，以主体建筑物为中心，主要是水族馆及文化娱乐场所。

　　水波纹的轨迹，始于两个固定的圆心，它们互相排列，成为秩序，中部下沉，营造水墙，水的高差，构成水的乐章。

设计定形：规则旋转，呈发散形，加之固定体量，求之变化规律。材料采用混凝土石块、汉白玉巨石、磨砂玻璃、彩色铺砖，局部为钢管。（李晓明）

地形设定

地段状况：

　　基地位于海湾陆上规划区，建筑于高度文明与旅游的重要路区，其为海滨广场牌坊。作为城市中的某一视览之地，必与该城市相融洽。

　　一个东西均临半缓坡的地带，构成了广场及人们留意之所。同时，周边环境，海与石的主题同人类现代说明相构筑，于是命名为水广场。

总体构思草图

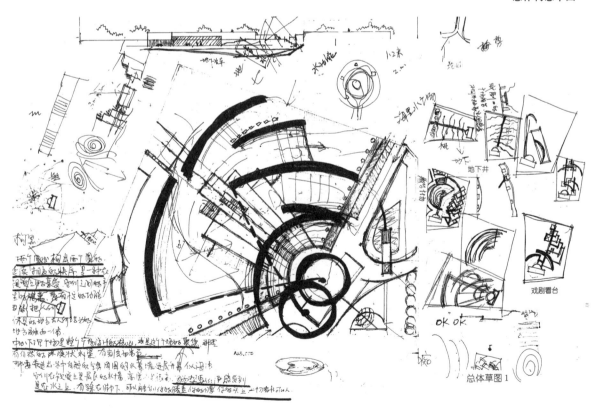

总体草图1

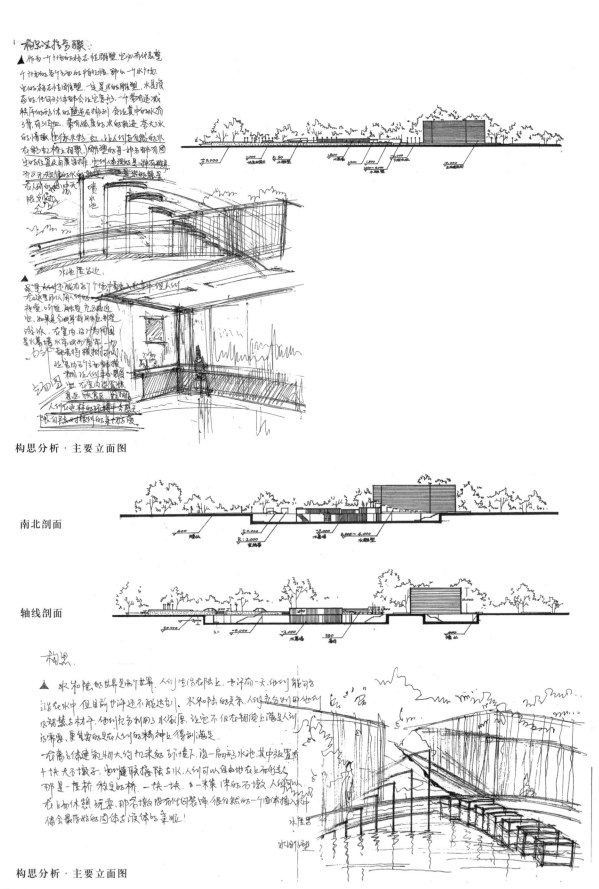

构思分析·主要立面图

南北剖面

轴线剖面

构思分析·主要立面图

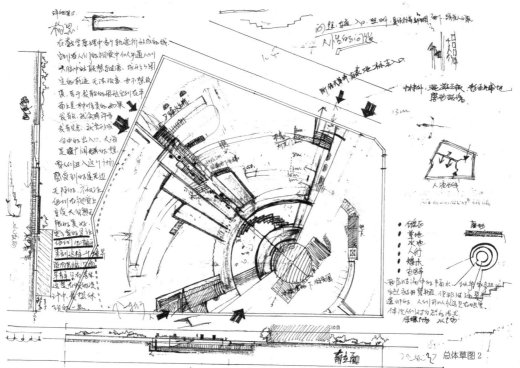

总体构思草图

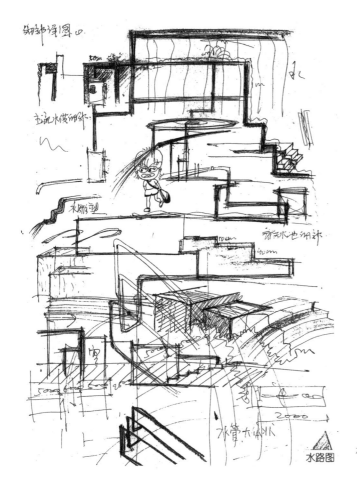

水的循环，
水的珍贵，
水资源的节约。
视觉的水广场，
地下的水空间，
没有错位复杂的空间，
只有单纯活跃的空间。

水幕墙、水池细部

冬天的季节，

储水成为溜冰场。

其余三季，

兼饮食为趣，

钓鱼为乐。

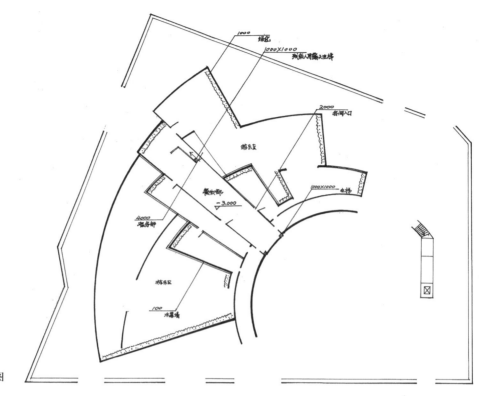

地下平面图

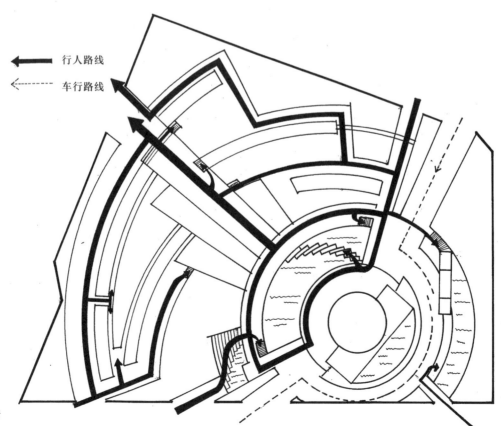

行人路线

车行路线

动线分析

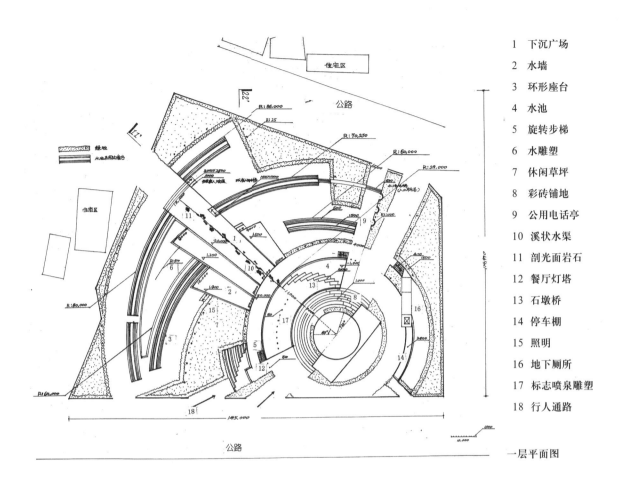

1　下沉广场
2　水墙
3　环形座台
4　水池
5　旋转步梯
6　水雕塑
7　休闲草坪
8　彩砖铺地
9　公用电话亭
10　溪状水渠
11　剖光面岩石
12　餐厅灯塔
13　石墩桥
14　停车棚
15　照明
16　地下厕所
17　标志喷泉雕塑
18　行人通路

一层平面图

人与水的关系最为密切，
赋予水更多的灵性，
赋予人更多的感受，
人与水融合。
水幕墙、水池细部

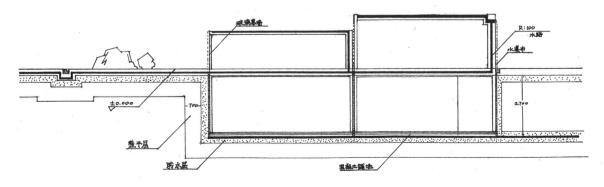

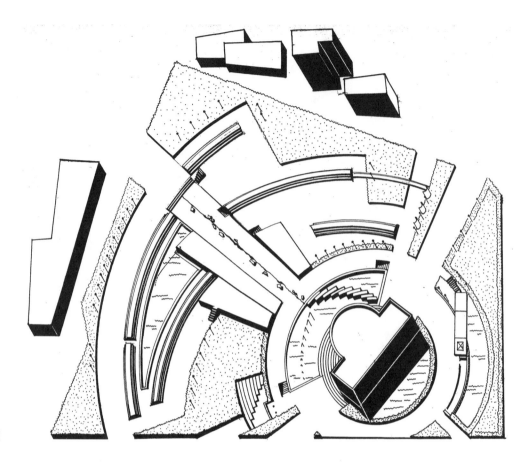

轴测图

设计题目：海滨城市广场设计

教师评语：本设计以生动而丰富的几何造型，良好的功能分区组合于较为复杂的海滨城市开发区，形成了自然而严谨的环境设计语言个性。各部分空间造型比例恰当。户外空间的高差起伏既顺应了基地条件，又建立了良好的环境空间秩序，内与外相互渗透，层次丰富，过渡自然，整体构思设计表现灵巧而别致。

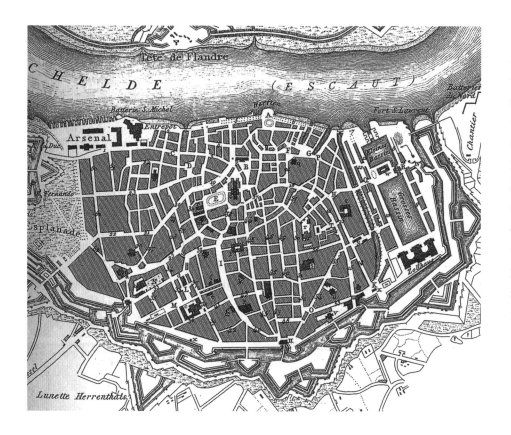

整个设计坐落于工业高度文明的社会领域中，是住宅区与办公区的主通道。由于广场位于现代化建筑群中。因此，围绕着将自然与工业融和这种设计思维，构筑多领域、多层次的文化广场。在整体设计中，以大面积空地为主，体现出在林立的大厦中独有的一片空间。

设计区域位置图

ENVIRONMENT DESIGN OF PLACE
总体构思

在现代社会中，忙碌、杂乱占据了人们太多的空间，快节奏的时尚化成为人们生活的主题，随之而来的污染、疾病、生物的死亡，也给人们带来了无限的痛苦。因此，这项设计的主旨以环保为主，让人们在水泥、钢筋和混凝土中体味大自然的趣味。

设计以人为本。草坪、玻璃和地砖是体现这种思路的主要材质。草坪象征大海，地砖象征土地，下沉广场以玻璃块为顶部，地下的活动可一目了然。这样，在架空的空中走廊形成上、中、下三个层次。（王赛）

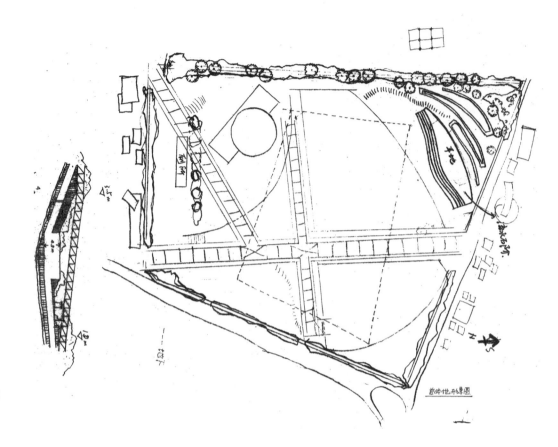

地形草图

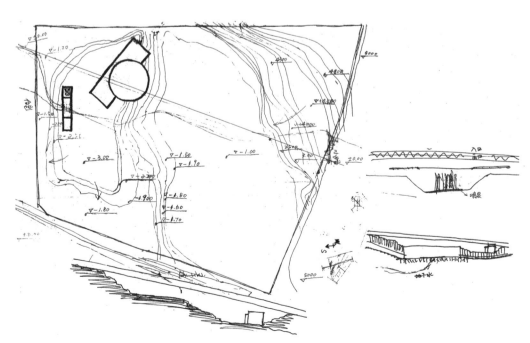

地势分析图

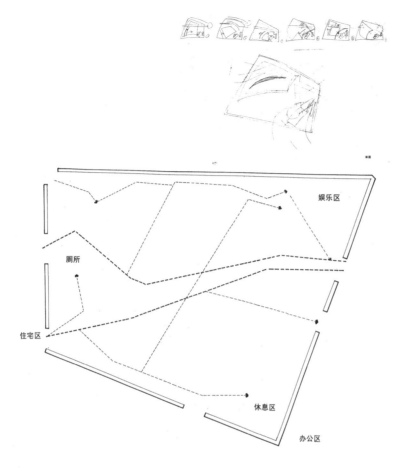

娱乐区内安装不同形式的
水池，以动、静两种形态出
现，体现出水的乐趣。

构思草图

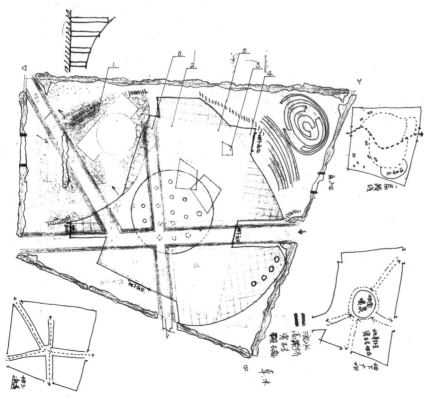

1　下缓阶梯

2　玻璃

3　毛石

4　大理石

5　光面石板

6　钢管与玻璃

构思过程

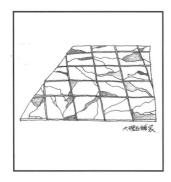

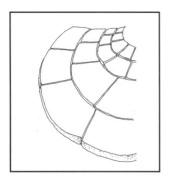

整体设计步骤

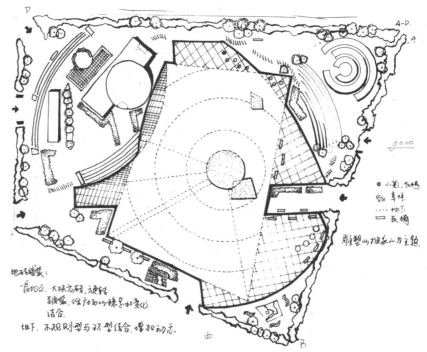

地面以地砖、玻璃和草坪分割为主广场（玻璃）、休息区（地砖、草坪）、娱乐区（石路、草坪）、办公区（草坪）。地砖以由西向东旋转网格铺装。地下广场地砖以地面喷水池为中心向外扩散环形铺装。

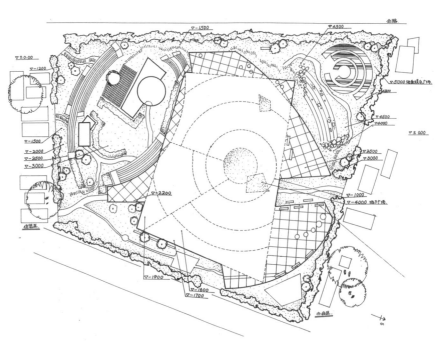

平面图

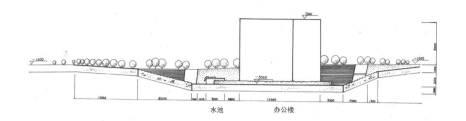

断面关系图

主办公楼细部 1：200

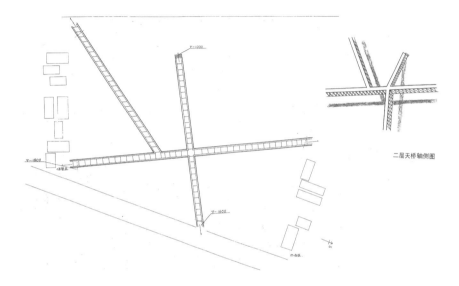

广场分为地上、地面、地下三层，呈南北下缓走势。地下一层有四个出入口，可推自行车进入；地面广场禁止自行车、机动车进入；地上天桥是连接办公区的主干道，行人亦可通过天桥进入广场内部。

二层天桥轴侧图

天桥平面图

主轴线断面

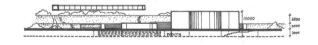

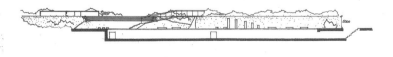

次轴线断面

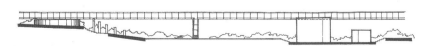

主要立面图

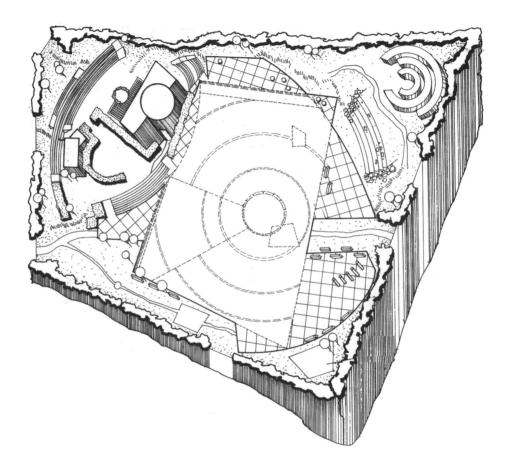

轴测图

设计题目: ENVIRONMENT DESIGN OF PLACE

　　教师评语: 设计选址定位较好, 动线设定、平面布置合理。大胆的交通路线
给整体环境空间带来了生动活泼的力度。尖锐的几何形体与强烈的视觉效果, 自
由而随意的空间形态则明确地反映基地的地形特征, 反映了多元兼容的环境空间
设计观。

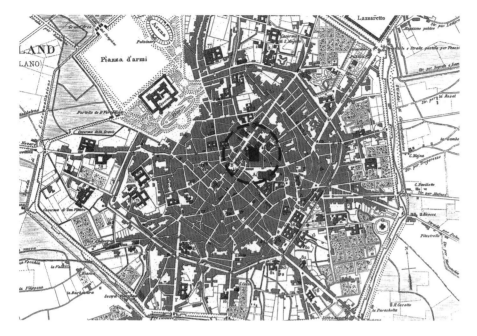

基地选择于城市办公区的一块梯形区，四面毗邻高层写字楼。快节奏的生活让都市人压抑、疲惫，他们渴求一个"自然·呼吸·绿色"的空间，给心灵一份安逸。这儿就是城市中的一片绿洲。

设计区域位置图

城市广场设计

植物游设计说明

城市由无数的碎片组合而成，这些碎片，各自为政，自我繁衍。

我们的城市常拥挤，它是由好多如同"积木"般的结构堆垒而成。在这高密度的生存空间，现以"自然呼吸"为概念，以缓解现代都市人的生活压力为目的，设计一个可以游、观、思的园林空间。

整个空间占地12000平方米，部分包含1.5米标高的小斜坡，四周为办公区，三面均临现有街道，四面入口处为停车场。设计方案在布局上，采用圆、线元素相结合，并利用垂直的空间，通过流水、植物、景观连接过渡空间，其中以植物为视点和焦点，引起人们对绿色的观注，植物不再是配角或者一般户外康乐设施的布景板。在这块区域中，设置了特色植物带、浮游植物带、常规绿化带。植物展厅、阳光走廊、以水幕围合的下沉广场……用各种不同的植物来塑造空间，营造气氛。

让现代人充分投入自然的怀抱，找回未被现代污染的自然世界。（王晟）

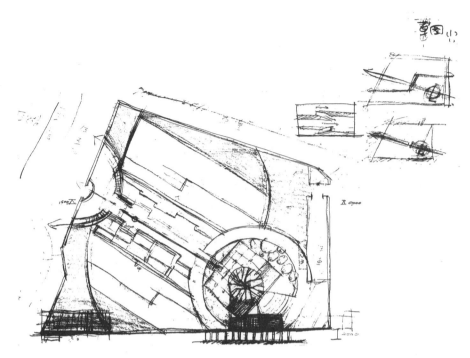

构思草图

构思草图

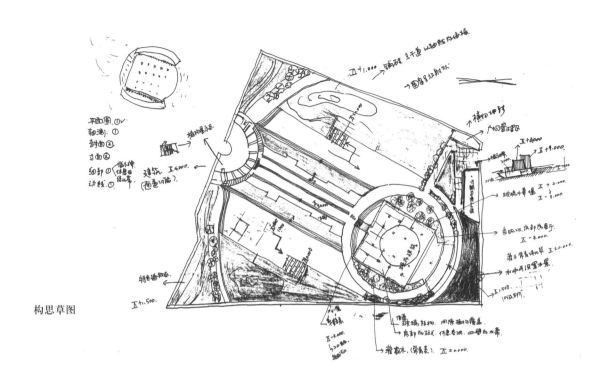

构思草图

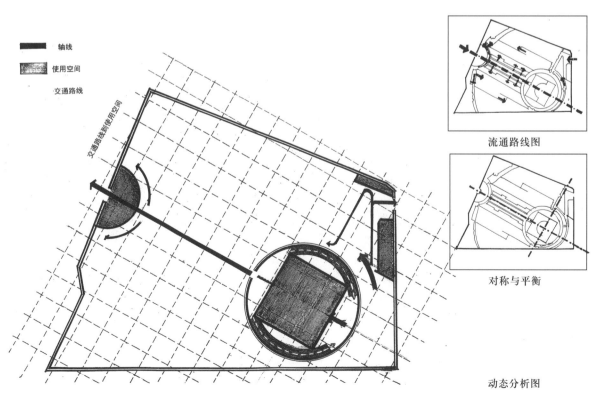

■ 轴线

▨ 使用空间

交通路线

流通路线图

对称与平衡

动态分析图

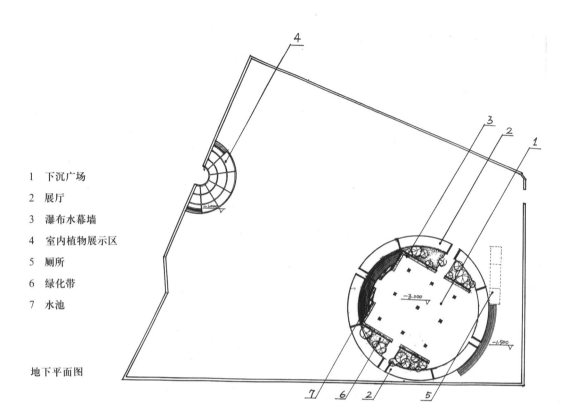

1 下沉广场
2 展厅
3 瀑布水幕墙
4 室内植物展示区
5 厕所
6 绿化带
7 水池

地下平面图

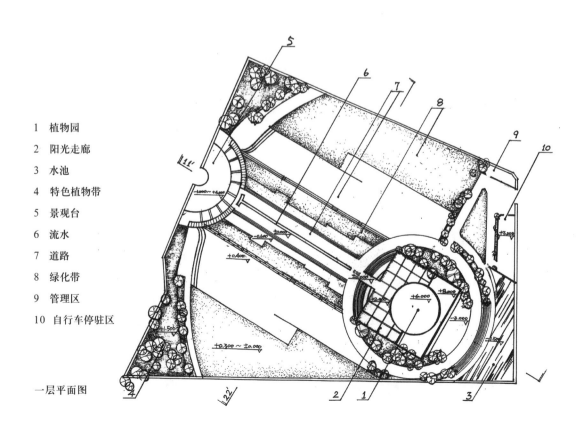

1 植物园
2 阳光走廊
3 水池
4 特色植物带
5 景观台
6 流水
7 道路
8 绿化带
9 管理区
10 自行车停驻区

一层平面图

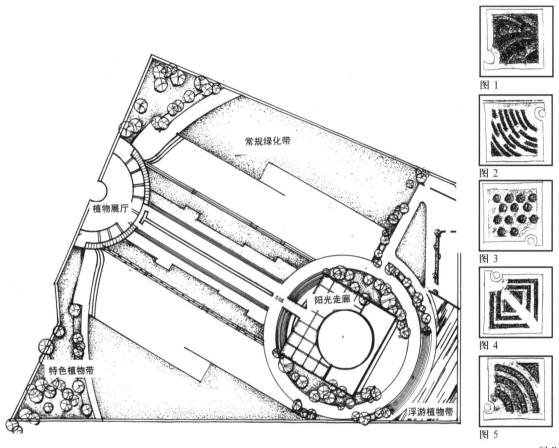

常规绿化带

植物展厅

阳光走廊

特色植物带

浮游植物带

图 1

图 2

图 3

图 4

图 5

绿化分析图

剖面图 1

剖面图 2

立面图

主要立面及剖面图

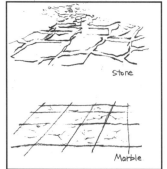

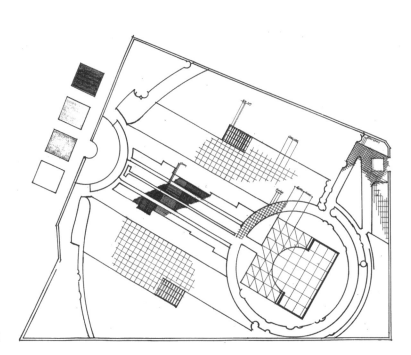

地面铺装图

细部表现图

标识

水渠

水池喷泉

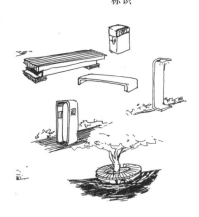

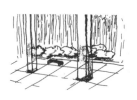

休息坐椅

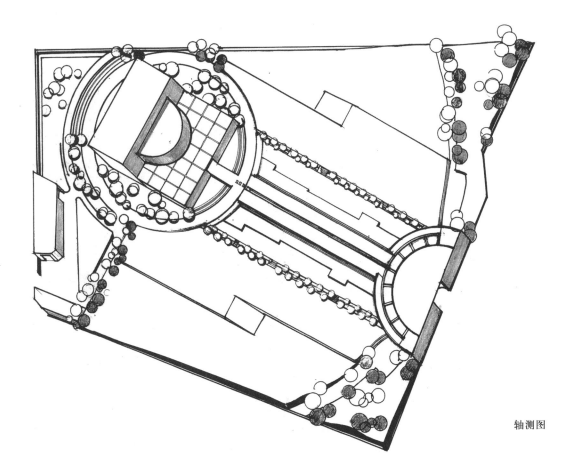

轴测图

设计题目：城市广场设计

教师评语：设计以植物为统一手段，把相关的各功能空间串连在一起，整体感强，功能分区详细，论点分析，推理成立。运用各种植物的特性分割使用空间环境，下沉部分与出地面部分结合较成功。

方案设计认真，分析充分，动线组织良好，功能分区合理，造型上有一定特色，较好地表达了用植物来组织设计的意图。

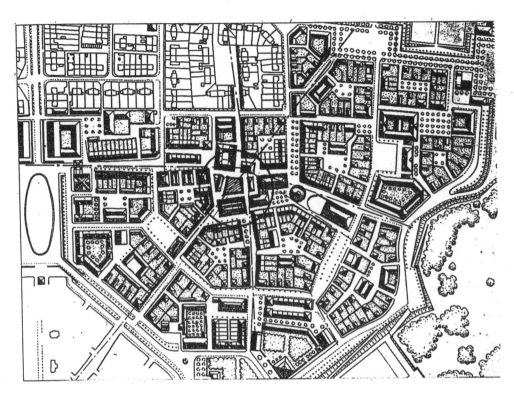

地形设定

中小城市广场设计

设计说明

本方案设定基地处在一座中小城市中心，

西面及南面为高层办公楼，

北面及东面为较矮的公共建筑，

广场成为过渡空间。（遇琦）

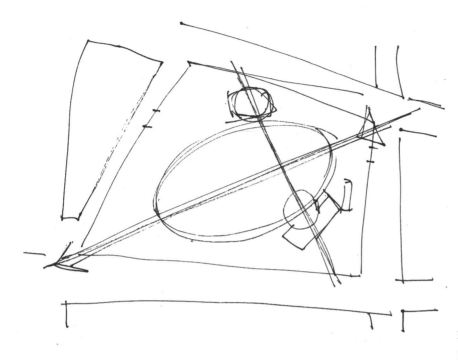

整个广场以水池和草坪为
主，人行路穿在其中，强调人与
自然的接近。

为很好地保持和延续城市中轴线，将城市中心广场与城市整体环境联系起
来，本方案以四边形基地的长对角线为主轴线。为了强调轴线的方向性，又在
轴线上放了一个椭圆，因为椭圆不稳定，给人一种运动感。在轴线另一侧设计
一小广场与现有建筑呼应，这样与主轴线垂直又形成一条次轴线。

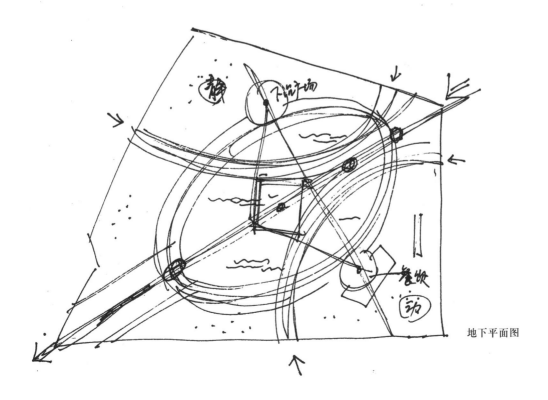

地下平面图

在广场中引入两条曲线，与周围的方形建筑形成对比，强调了广场的开发性，并形成从东北向西南冲的趋势。基本图形也形成了基本动线，曲线相交的地方就是人流交汇的地方。

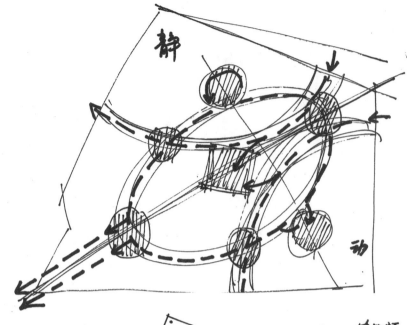

地下平面图

人流的相撞以及人与自然的接近，共同形成了本方案的主题即"交流"，人与人的交流，人与自然的交流

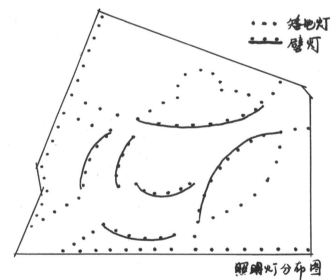

人流的相撞以及人与自然的接近，共同形成了本方案的主题即"交流"，人与人的交流，人与自然的交流

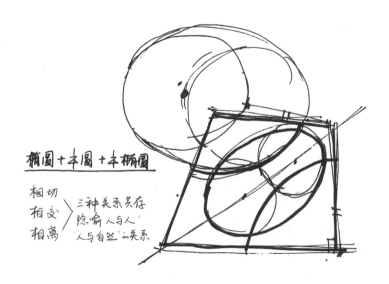

地下平面图

平面分析

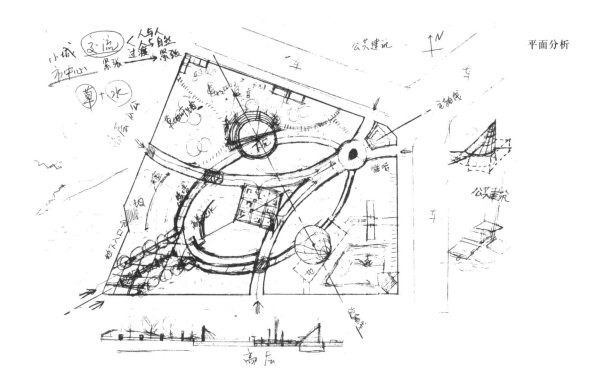

整个广场力求开阔、平坦。由于地面起伏不大，因此以树木、喷泉来增加视觉层次，并在轴线上设计一系列景观以增强序列感，同时也形成几个视觉中心。

剖面分析

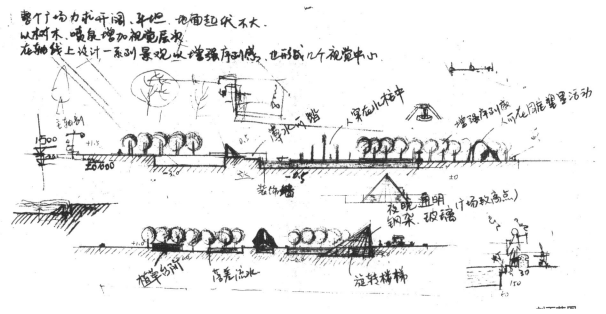

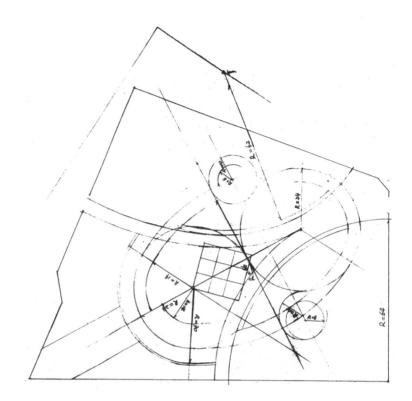

曲线关系分析图

1　下沉广场

2　水池

3　过道

4　半地下餐厅

5　喷泉广场

6　标志雕塑

7　电话亭

8　小卖部

9　喷泉雕塑一

10　喷泉雕塑二

11　花坛

12　装饰矮墙

13　草坪

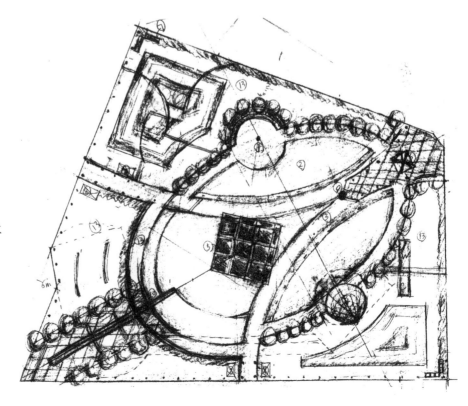

定案 z 草图

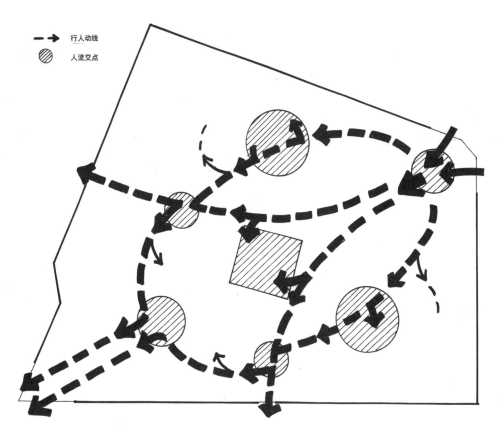

行人动线
人流交点

动线分析图

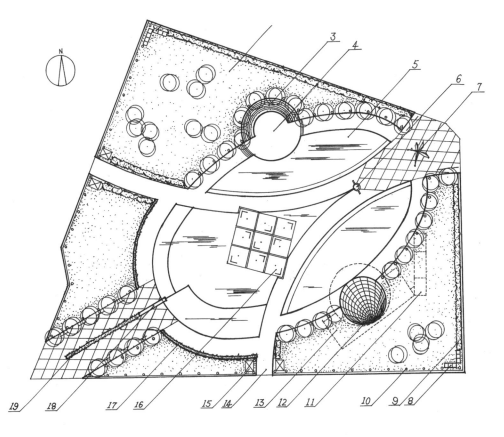

N

19 18   17 16   15 14 13 12 11   10 9 8

总平面图

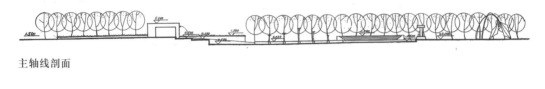

主轴线剖面

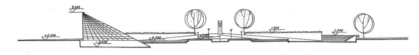

次轴线剖面

南立面

主要剖立面图

局部透视草图

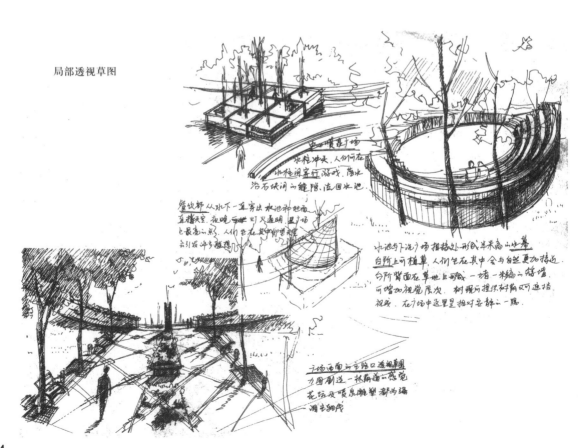

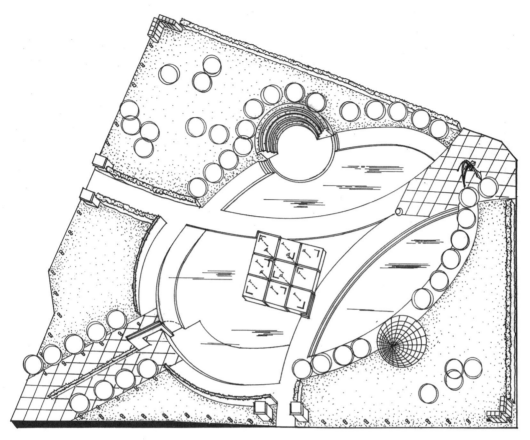

轴测图

设计题目：中心区的一块乐土，中小城市广场设计

教师评语：方案较好地掌握了中小城市广场环境特征，合理地组织了各种服务性质的空间。动线设定较好，出入口尺度处理、空间尺度把握较好，自由的形态与各功能空间关系分布合理，形与型的关系自然而有韵味。

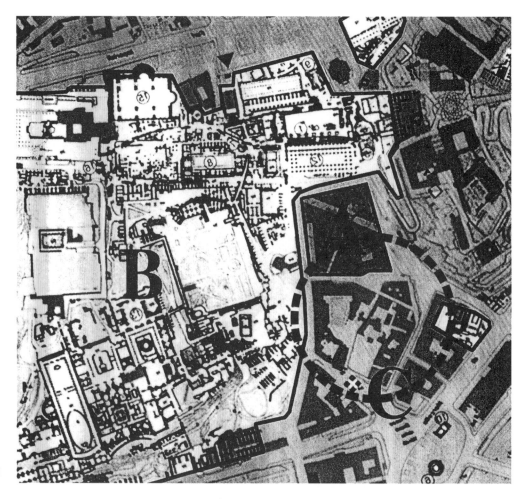

设计区域位置图

外部环境设计

设计说明

周边环境设定

此方案所示空间位于城市中办公及商业密集区与居民居住区之间。

其间有城市干道通过，是人们上下班的必经之地。方案区域绿化面积在70%左右，能尽量缓解人们繁忙工作中的紧张心情。

方案区为步行区域，区内设有娱乐、餐饮、购物展示、纪念、表演等空间，亦可作为节假日人们的休闲场所。（陈卓）

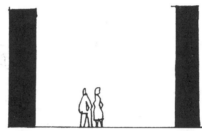

INTIMATE OUTDOOR SPACE
亲 切 的 室 外 空 间　　空间分析

GRAND URBAN SPACE
巨 大 的 城 市 空 间　空间分析

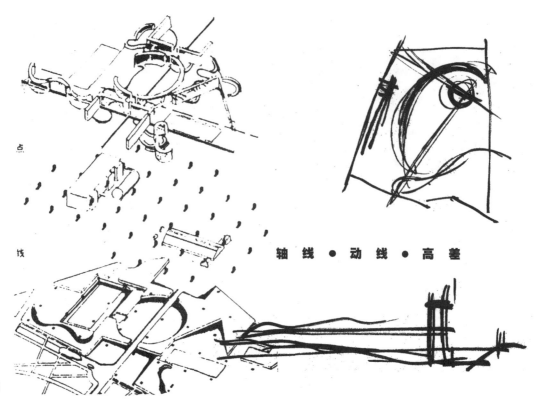

点

线

轴 线 ● 动 线 ● 高 差

初步构思图

设计推敲图

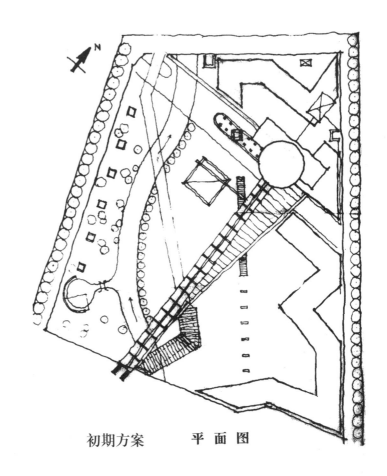

初期方案　　平 面 图

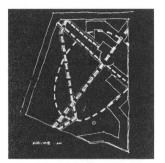

规划分析

尺度分析

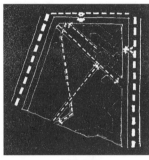

交通分析

绿化分析

设计推敲图

构思定案

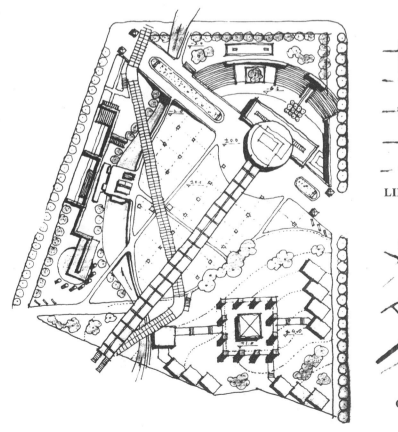

LINEAR-GRID SYSTEM
线格式

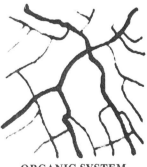

ORGANIC SYSTEM
有机式

119

1　娱乐、购物大楼

2　舞台

3　下沉广场

4　看台

5　空中走廊

6　高架列车轨道

7　画廊

8　水上酒吧

9　地下商城天窗

10　纪念性空间

11　小店铺、餐饮

12　厕所（地下）

13　人工河道

14　落水潭

15　路标

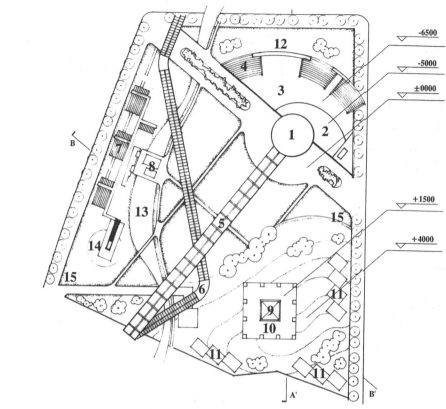

总平面图

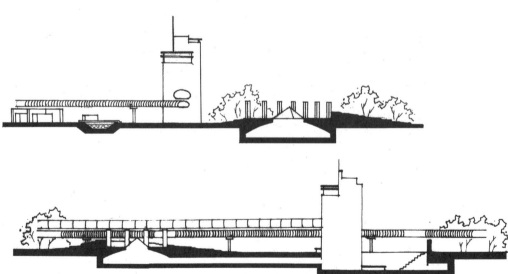

局部分析草图

局部分析草图

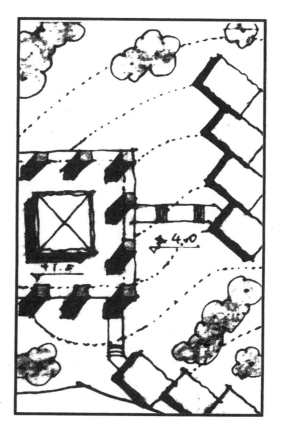

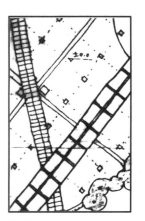

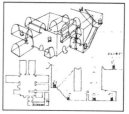

局部分析草图

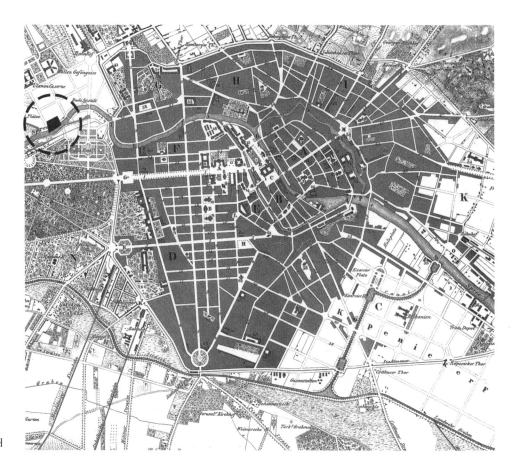

设计区域位置图

文化广场设计

设计说明

这个城市越来越拥挤了，

高楼、立交桥……

使得人们四处奔跑。

人们在不断创造属于自己的天地，

同时，又在毁灭原有的家园。

如今所有的一切，已随着隆隆的机器声渐渐远去。

儿时的记忆成为一种回忆，

离我越来越远……

我在寻找，寻找儿时的蓝天、清水、绿地，

还有那方文化田园，

以及那些不为人知的事和物。（袁相军）

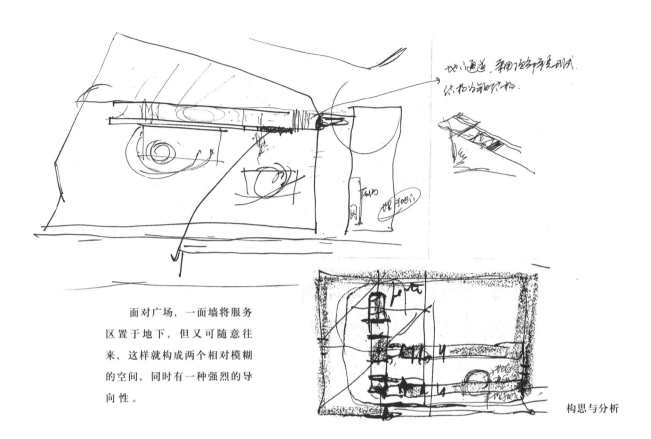

面对广场，一面墙将服务区置于地下，但又可随意往来，这样就构成两个相对模糊的空间，同时有一种强烈的导向性。

构思与分析

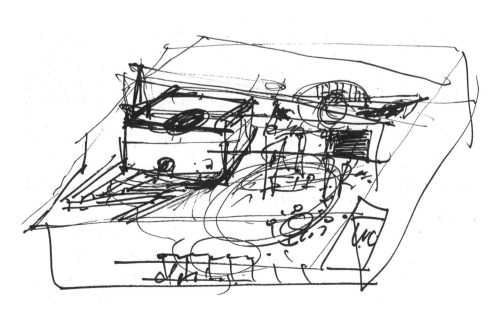

该广场立于文化中心地带，在设计构思上，力求将文化氛围引入广场中，使人置于其中，能感受到一种艺术的浪漫气息，有宠辱不惊、闲看庭前花开花落的气度。

构思与分析

　　舒缓的台阶和景，使广场成为具有特定意义的空间，使人感受到一种文学化的闲适气息。

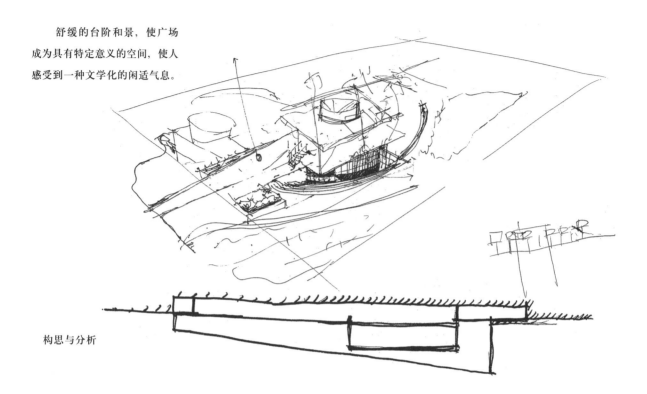

构思与分析

构思与分析

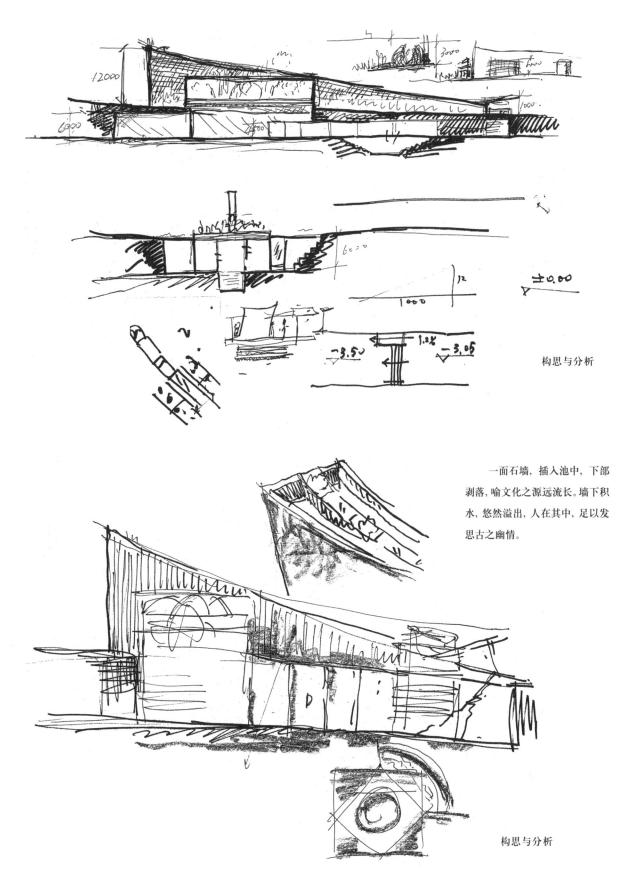

构思与分析

一面石墙，插入池中，下部
剥落，喻文化之源远流长。墙下积
水，悠然溢出，人在其中，足以发
思古之幽情。

构思与分析

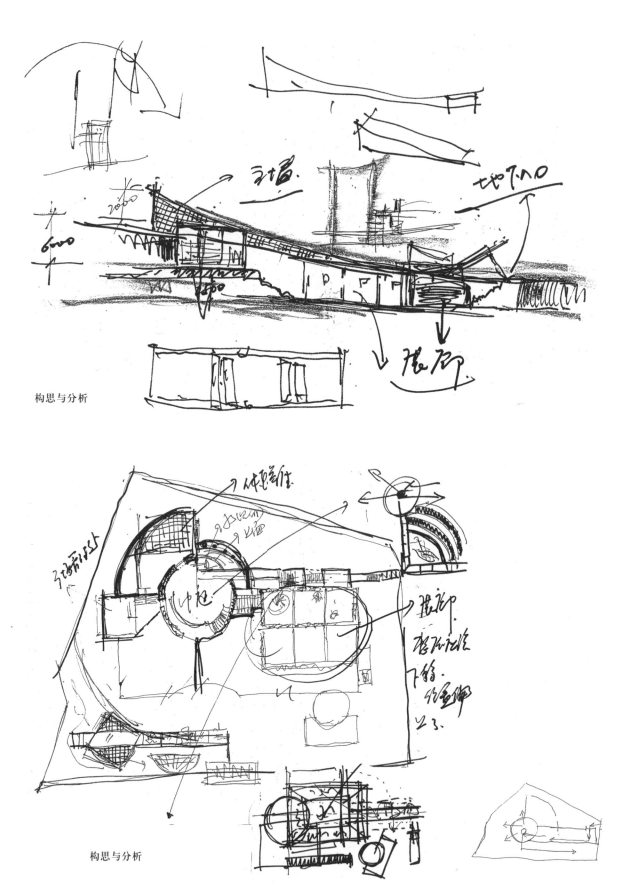

构思与分析

构思与分析

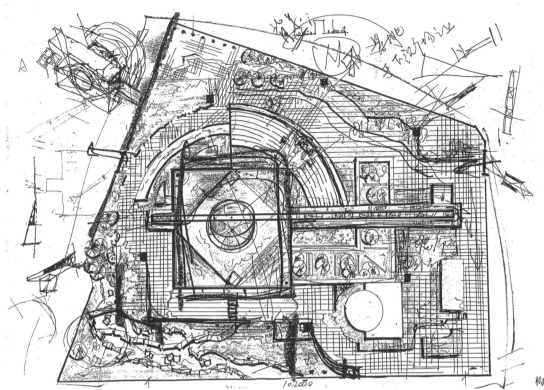

构思与分析

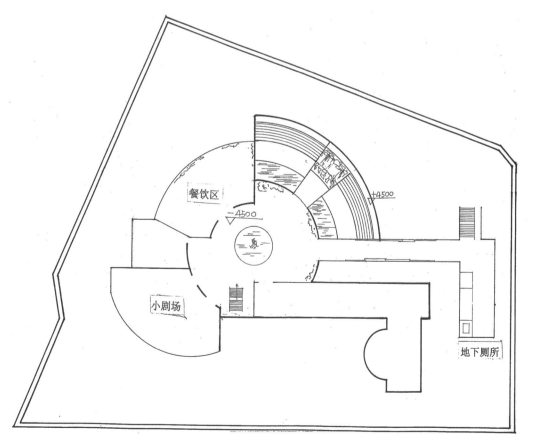

一层平面图

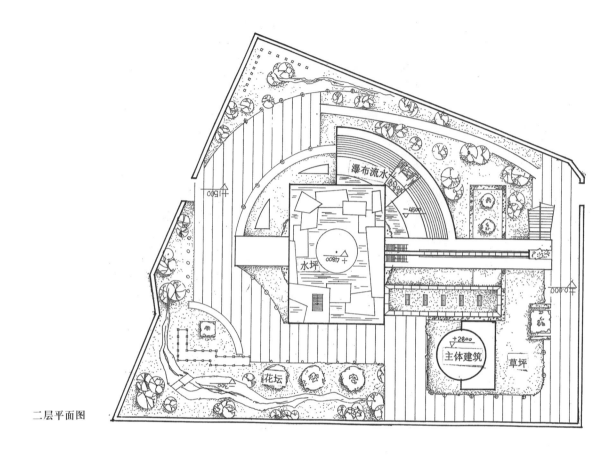

二层平面图

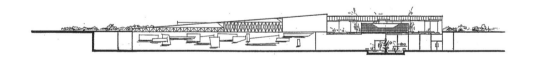

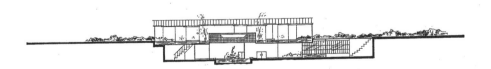

剖面图

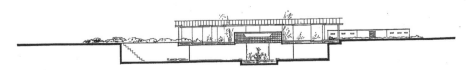

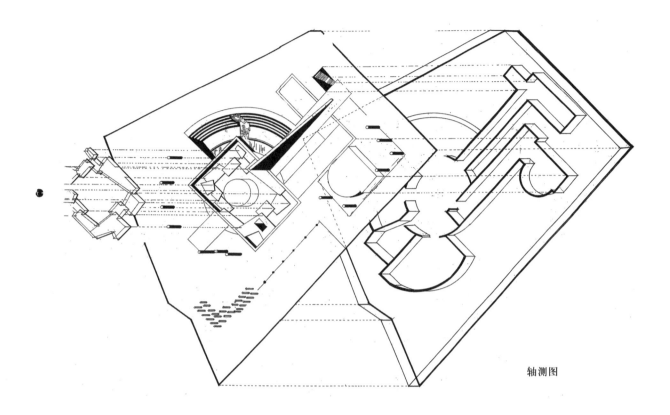

轴测图

设计题目：文化广场设计

教师评语：概念清晰，设计分析较为全面，各功能空间都围绕在主动线上，提供了一个良好的空间环境。同时通过对下沉及地下部分的组织合理设计，使原本较为复杂的地段合理畅通了，相互的关系及界面的连续性，都为本地域提供了发展的可行方向。

教学要求： 内容同98级二年级空间环境设计课教学要求。

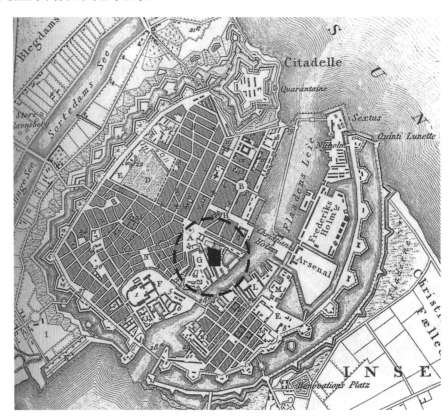

设计区域位置图

设计题目：城市中心的自由空间广场设计

　　教师评语：作品通过对基地条件的深入分析，运用建筑造型手段，创造出简洁而生动的外部环境，有机地将各活动空间组合在简明的平面中，同时，建筑与自然地形有机响应。在自由流动的空间中让中心和主轴线定位，使空间关系充满动感同时又不失造型组织与秩序。

设计说明

　　广场，城市中广阔的场地，有着其特殊的作用。在拥挤繁忙的城市，人们苦于奔波之中，需要一个得以喘息的空间，给以足够的生存环境，给一份安宁。因此，我将这种思想贯入到我的设计中。

　　设计中，根据地形形成一个无棚的台阶式广场，创造出一个人与自然、人与人之间交流对话的场所，步入广场，沿踏步拾级而上，在接近坡顶处出现一个圆形的人工湖。

　　在设计中，运用了一些几何形元素，如圆、半圆、水的平面和列柱的垂直线来强调一种共享空间的秩序感。（黄静）

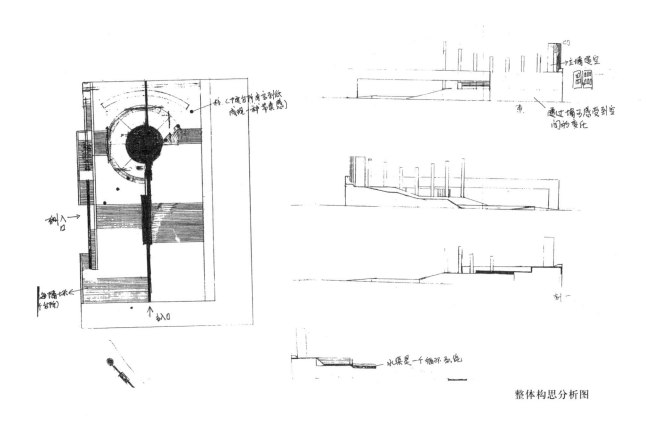

整体构思分析图

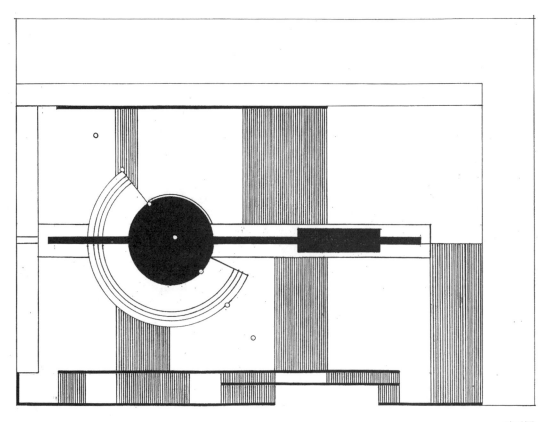

平面图

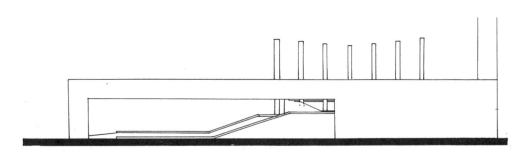

东立面图

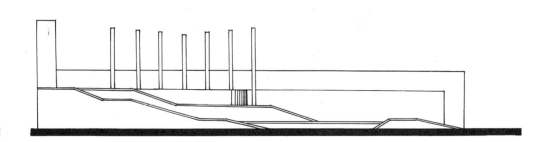

西立面图

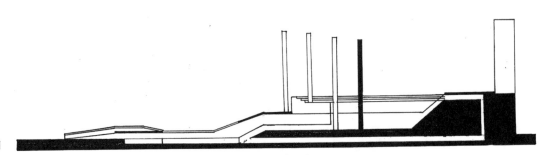

立面图

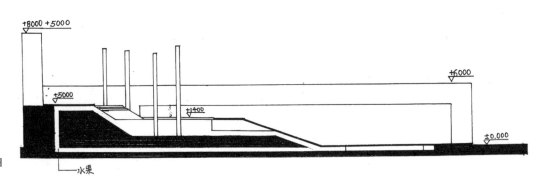

立面图

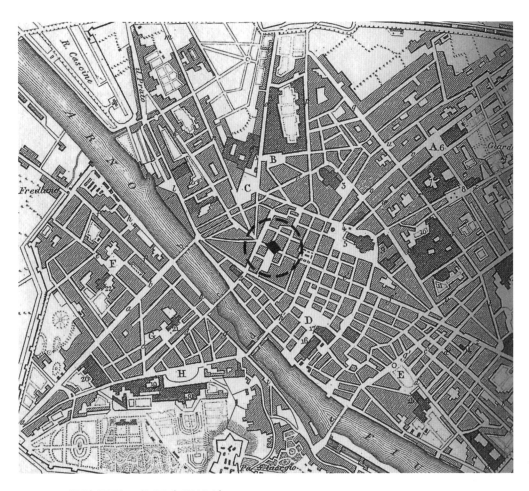

设计区域位置图

设计题目：休闲广场设计

设计说明

■ 基本概念

1. 会聚与发散——市民的文化行为——是连接城市文脉的接点之一。

2. 对都市休闲广场的形象进行提炼概括，以露天为主体，以面、线、点、透明体抛物面等元素构成意象组合。

3. 对构成元素的几何学在空间尺度中的明晰程序及相互关系的认识。

4. 将新世纪的高、新技术与古典主义的风格相融合衍生出别具一格的形式及意味。

5. 力求理解建筑、自然与人的精神的统一与和谐。

■ 构成元素

1.聚集式共享空间与开放式自由空间的对比

　　作为城市居民区域的广场，其形态应是表达会聚与发散的功能，同时也是都市文明的表演性空间，是一个多义的空间。

2.露天剧场与流水瀑布——水的剧场。

　　剧场观台兼具有流水瀑布的功能，在视觉上具有恒定与流动变化的意象。

把握流小瀑布的功能，以适应不同要求及季节更替，接纳市民的不同的活动与行为，同时也形成一个流线系统的主轴与活动带。

3.民族符号造型意识——荷花——抛物面

整体造型欲将现代建筑意韵注入民族文化内涵，造型主体以象征意义的荷花瓣为建筑的整体构成，以传达积淀在人们意识中的集体记忆——连年有余。

4.光、水、风在整体中的关联因素

寻求自然光及人工光在建筑空间中产生的魅力是本方案重点思考的问题之一，落差及洞口的开启使光影物为建筑带来神妙的变幻和节奏。抛物面使用透明材料，夜间放射各色光彩为建筑照明提供了有利条件（在抛物面的顶端设置强度照明设备）。水在流动中变幻，也在恒定中妖艳，剧场中心以水面为主，春夏施莲，冬季则可为冰。乐感喷泉及彩色灯隐藏其中。

5.舞台走廊与分布

舞台走廊是以东西两侧通行的功能为主要出发点，同时考虑到表演性的要求（南走廊可为后台之需），南北通道由大通道及过渡式的通道组成，中轴线上的通道兼有小溪流水之功能。

■ 设计概述

本设计给定条件是斜坡地势，南北之间的落差为 5 米，南北长 50 米，东西宽 36 米，四周为居民住宅区。（郑英锋）

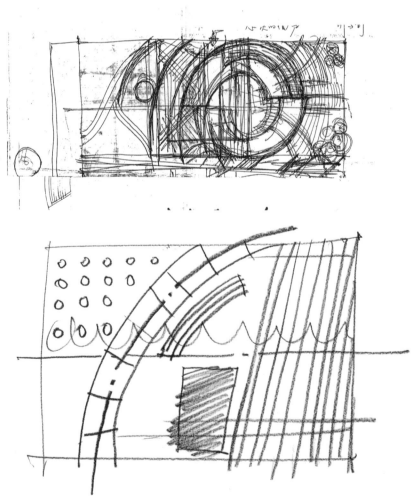

构思分析图

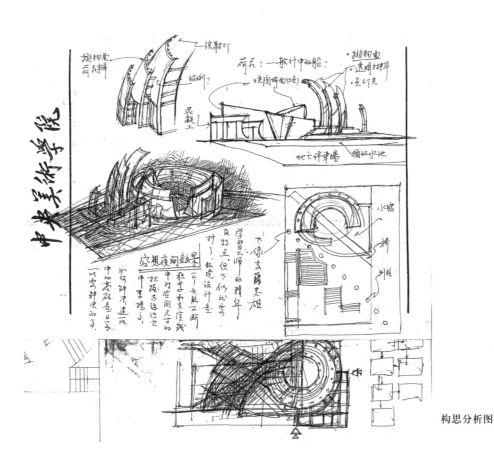

构思分析图

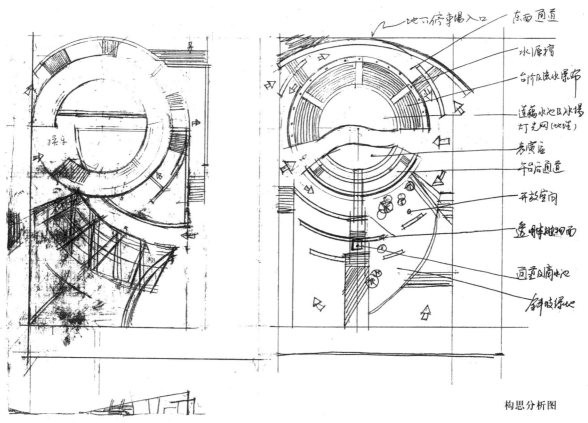

构思分析图

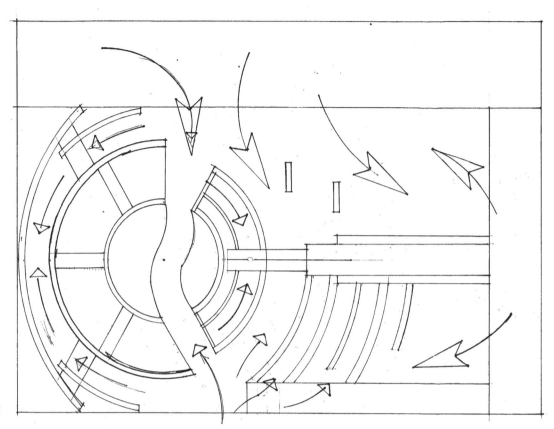

动线图

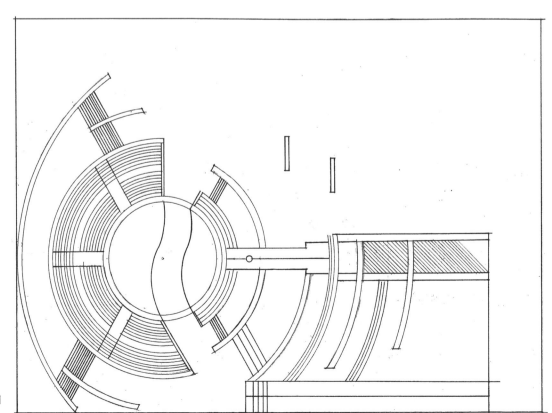

平面图

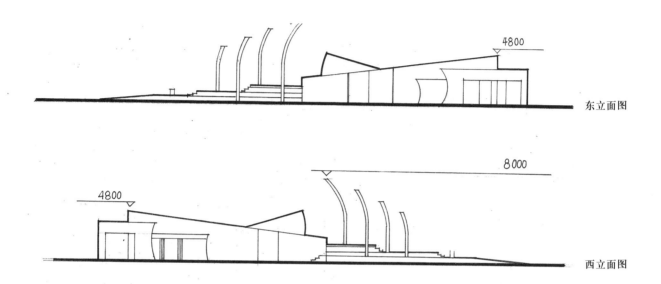

4800

东立面图

8000

4800

西立面图

设计题目:休闲广场设计

    教师评语:构思分析过程比较得当,功能、动线比较有特色。构思详细全面、平面配置合理,具有较好的表现力。入口空间丰富,造型别具风格,打破了常规做法。图面表达明确、细腻、雅致,有较好的协调能力。这在初学者中具有一定的代表性。

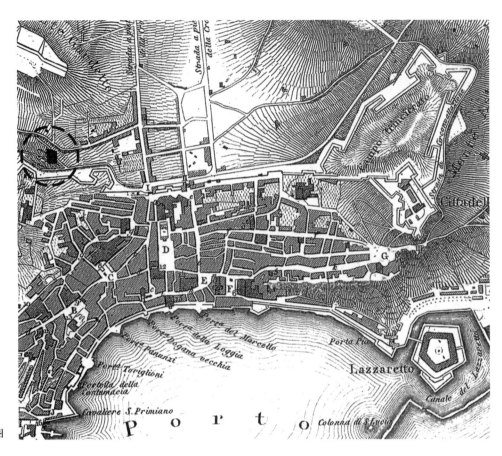

设计区域位置图

主题性休闲广场设计

设计说明

背景环境: 位于城市居住的住宅区之间。

功能要求: 居民区居民运动与休闲之所, 强调广场的精神性和主题性。

设计意图: 主题性的休闲广场, 主要是通过不同的轻松动态流线, 让人体会从城市喧嚣紧张压抑的心境慢慢过渡到安稳平静轻松愉快的心境, 从而达到"休闲"这一广场主题。

设计手段: 广场由两大部分组成, 一部分是充满自然气息的草坪和绿地, 另一部分是给地势抬升起的主题性广场。广场又分为自由表演空间和休息观赏空间。借助圆的一部分形成集聚焦点的广场中心, 台阶的落差也可看作看台的坐椅, 过坡道把绿地和广场联系起来, 从而让人们进入草坪产生的轻松心情随坡道平缓过渡, 进而以这种心情加入集体的休闲活动中, 达到设计广场以人为本的精神主题。简单的几何型体组合, 通过空间的交叉变化, 参差错落, 以及柱体的完善结合, 让人在休息的同时欣赏周围优美的景致, 同时感受到与自然的亲近, 并把这种纯真的情感带到人与人之间的交往中, 从而形成融洽的交往休闲空间。通过建筑广场及自然环境的有机融合, 借助人的感受, 间接揭示出广场的精神性和主题性, 达到了设计目的。(孙立德)

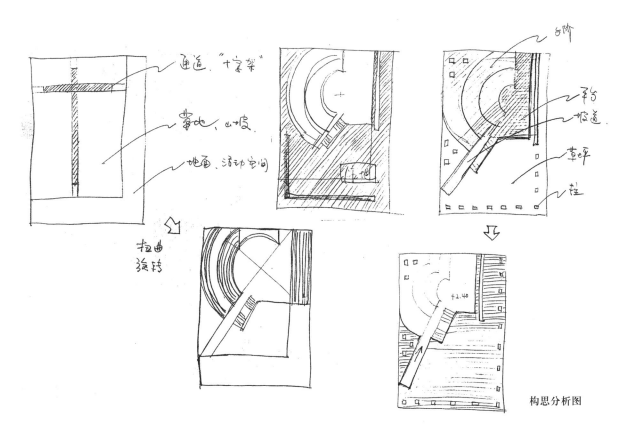

构思分析图

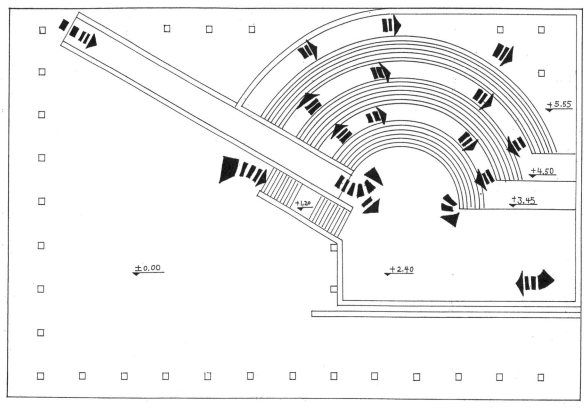

动线分析图

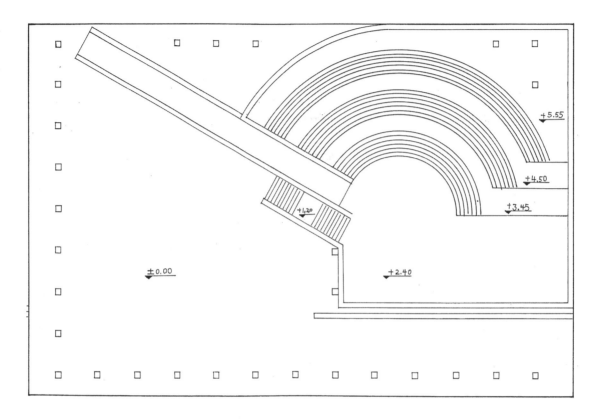

平面图

南立面图

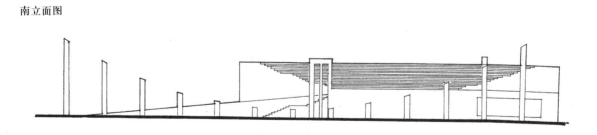

西立面图

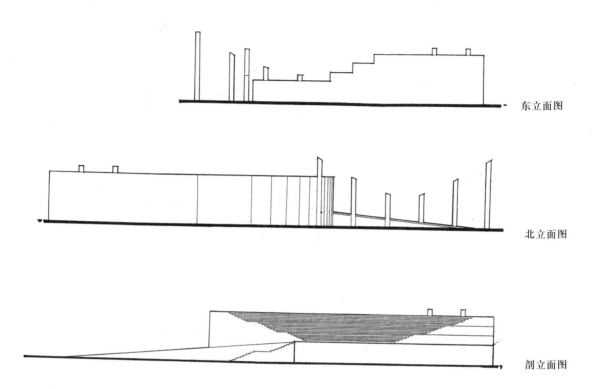

东立面图

北立面图

剖立面图

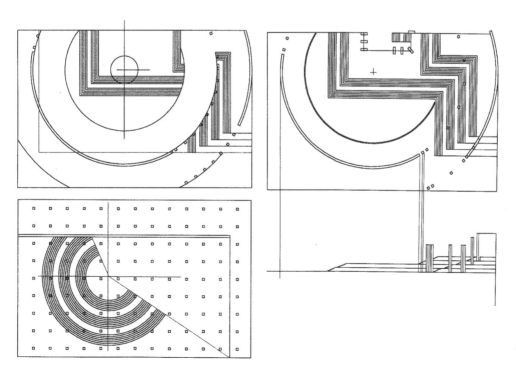

平面图

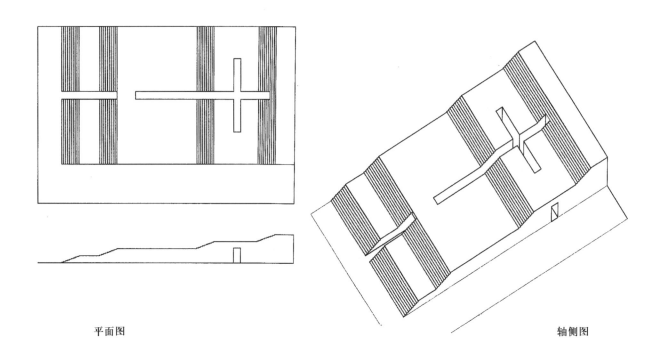

平面图   轴侧图

设计题目:主题性空闲广场设计

教师评语: 总体布局合理,交通流线组织清晰,结构造型上有特点,高度不等的柱饰给作品增添了活跃气氛。建造物与地形结合得十分融洽。单体造型与整体关系密切,并有独到之处,多重踏步的设计手法更加突出了主体结构的主题性构思, 建筑物形象新颖。

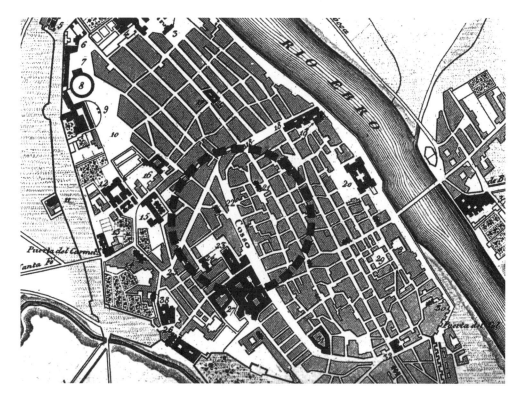

设计区域位置图

设计题目:住宅中的休闲性广场

教师评语: 该方案总平面布置方面充分利用了基地的自然坡度,环境景观依地形而建,十分自然,内部空间丰富,动线合理,建筑体型活泼,与周围环境相吻合,较好地将形式与功能相结合,是小型广场的佳作。

设计说明

背景环境: 处于住宅区中的休闲性的主题广场。

功能要求: 主要满足居住区的精神功能要求,强调其主题性。

设计意图: 主题性的休闲广场,主要让人们体会到在不同类型的空间中穿越的感觉,从而体验到空间快感,由此对广场空间怀有一种乐趣和亲近感,产生使用广场的欲望。

设计手段: 该环境是包括一个音乐厅和一个艺术陈列室在内的主题性广场,为半下沉式的广场。在地坪上看尺度并不大,并不遮挡对周围的景观,有一定的亲切感。如果观众亲临其内部,又显得宏大壮丽。以亲切和宏大造成对比的趣味。在不同类型的空间中穿越,让人在广场——人造环境中感受到九种在自然界都能感受到的空间感觉:依次是森林、涵洞、隧道、峭壁小路、巨石夹缝、高架桥、水底隧道、水昌塔、水上浮桥。用三个倾斜的、旋转的类似形体互相穿插,给人以山的联想,加之下沉广场的水池和水晶塔形成人造的类自然空间,使人感到新奇而又熟悉,产生新鲜感和亲切感。(刘宇)

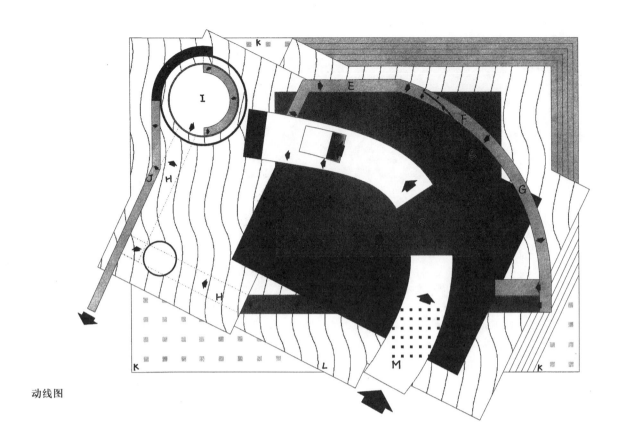

动线图

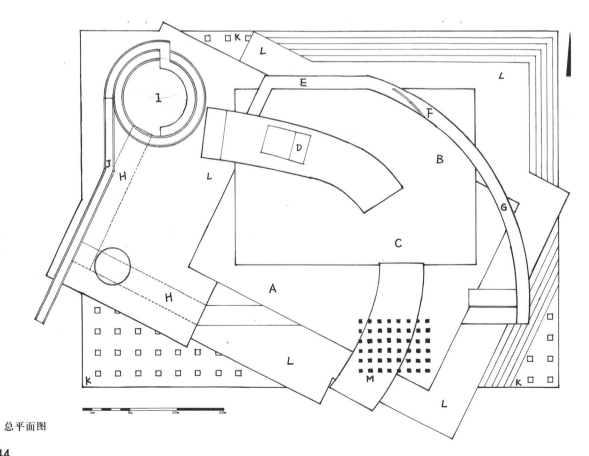

总平面图

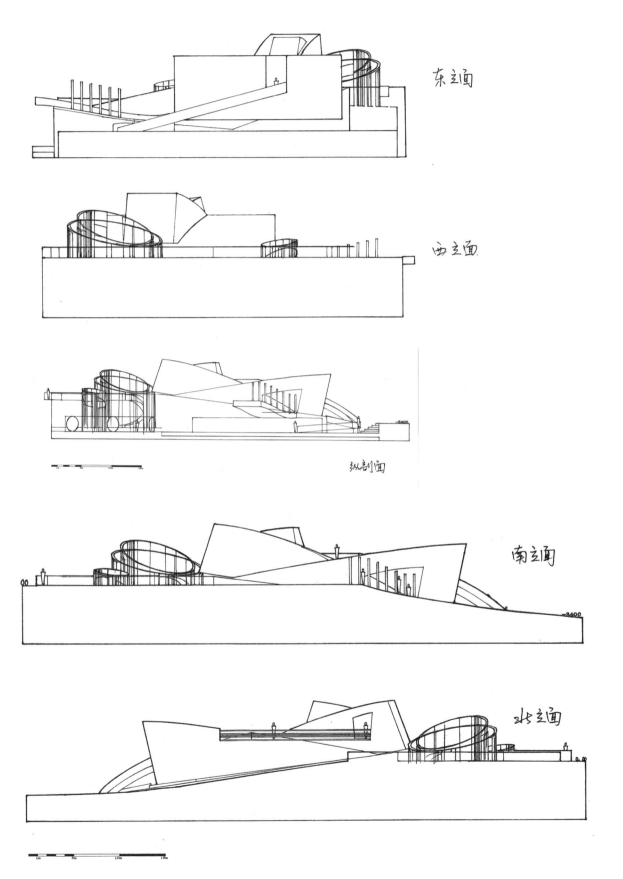

东立面

西立面

纵剖面

南立面

北立面

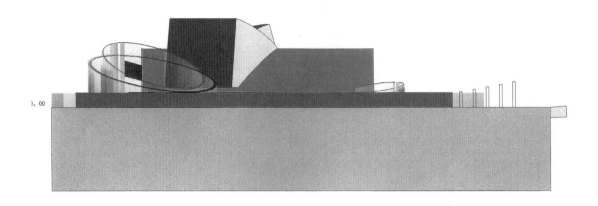

). 00

剖面图

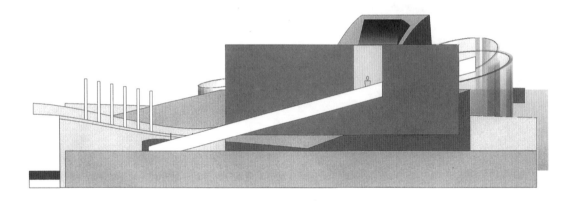

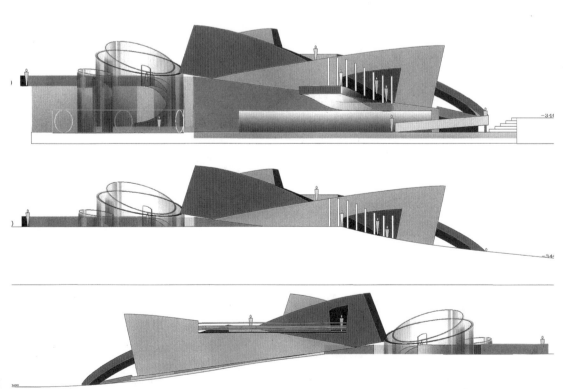

效果图

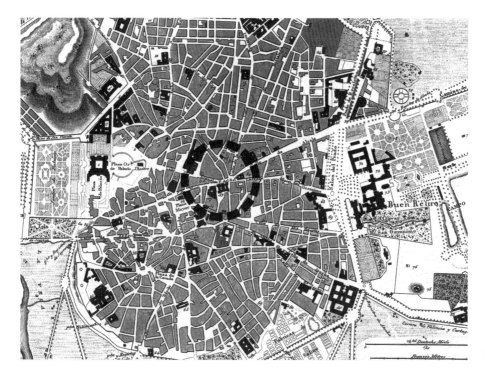

设计区域位置图

设计说明

主题环境：位于住宅中的休闲性广场。

功能要求：提供人们一个文化娱乐、休息、活动的场所，给人一个舒适、自然、放松的休息空间。

设计意图：整体环境为扇形（向东南角集中）。中轴线为主动脉（西北角——东南角），由艺术画廊（南立面底部）、现代雕塑（南面东南角上部）、休息娱乐广场（北部）三大部分组成。"水"作为广场设计的主脉，由南到北流动。因为流水具有活力，令人兴奋和激动，加上潺潺水声，很容易引起人们的注意。同时，人们在感情上喜欢水，喜欢水的五光十色和悦耳的声响，所以水体就成了空间组织中的一个重要内容。这样广场的流水（由南向北），由高处向低处流动，落差由大到小，流速由快到慢贯穿广场的中轴线，再由中轴线向东西方向流动，形成宁静、轻松的静水。静水驱除人的烦恼能使人的心情宁静和安详。静水可以形成倒影，加强人们的注意力，广场以西北角到东南角中轴线为导向，主轴线愈长，主轴线上的主体空间愈凸出、集中。半圆、圆、方不同的几何体，加上丰富的线，使整个空间更加生动，广场中的立柱、台阶、现代雕塑等几何环境随着太阳的照射形成变化的影子，产生了丰富的肌理艺术效果。

组成部分：

1 艺术画廊　2 喷泉　3 水池　4 小溪　5 现代雕塑　6 小型人工瀑布　7 涵洞
8 隧道　9 半形广场　10 树、草坪

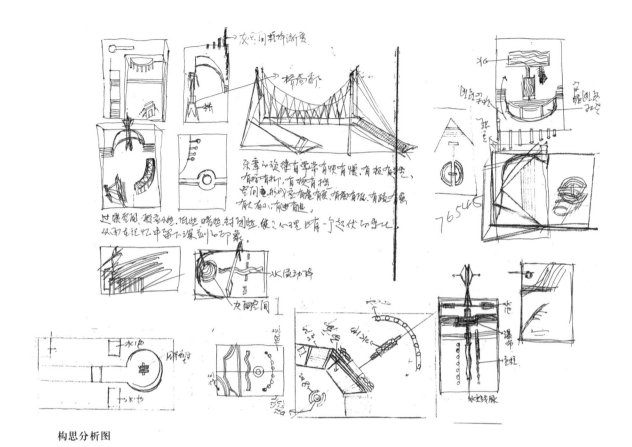

构思分析图

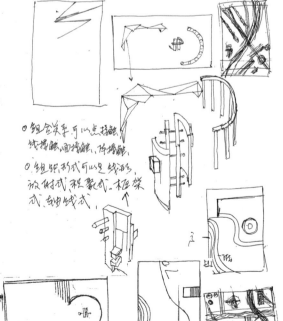

构思分析图

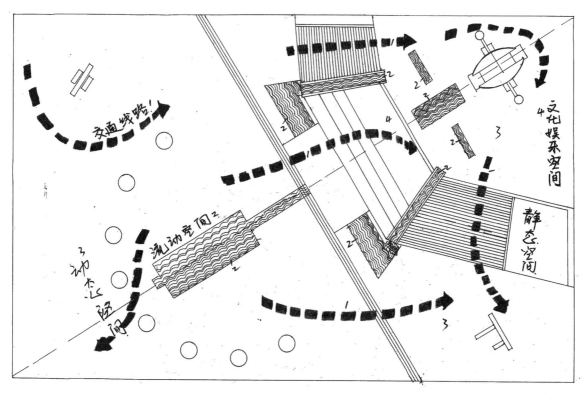

动线图

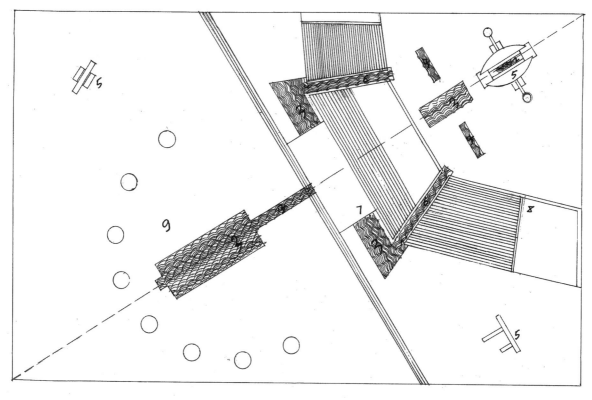

平面图

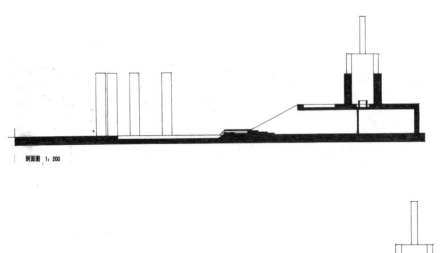

剖面图 1：200

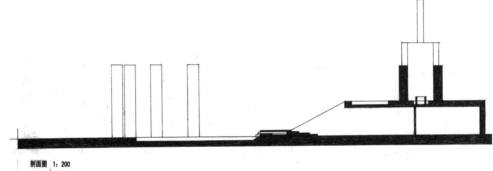

剖面图 1：200

剖面图

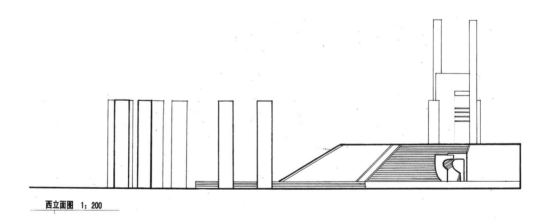

西立面图 1：200

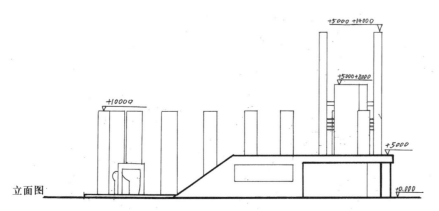

立面图

参考书目

《建筑外部空间》35　日本国市ケ谷出版社

《日经》1999.6-28　日本国日经BP社

《日经》1999.7-26　日本国日经BP社

《建筑20世纪》　　日本株式会社新建筑社

《公共空间设计》　日本大阪出版社

《建筑设计资料集成》日本国建筑学会编丸善

《建筑：形式、空间和秩序》（美）弗郎西斯.D.K.钦著

《SD Review》　1982-1996 日本国鹿岛出版会

《中国土木建筑百科辞典建筑》中国建筑工业出版社

《日经》2000.1-10　日本国日经BP社

《日经》2000.2-7　　日本国日经BP社

《日经》2000.2-21　日本国日经BP社

《日经》2000.4-17　日本国日经BP社

《日经》2000.5-1　　日本国日经BP社

《日经》2000.5-15　日本国日经BP社

《建筑设计资料》1987 日本国建筑思潮研究所编

《城市·建筑一体化设计》　东南大学出版社

后记

《外部空间环境设计》即将出版了，它从多角度形象地叙述了我的教学计划。从大量的学生作业是可以看出教学思路。希望通过这本书反映我回国工作及教学、设计实践过程中的一些方法。对外部空间环境教学的种种探索，是我丰富教学内容的一个方面。教学中我注重的是基础理论与创意相结合，其中特别强调的是设计之前的准备工作，构思过程中的草图阶段，分析过程。用新观念去影响学生们，目的是要把他们引上一条正确的学习之路。在飞速发展的社会大环境下，需要大家跟上高速度的世界。在学生们的作业里，我的评语首先是善于发现他们的优点，尊重大胆创意，在充分肯定成绩的条件下鼓励学生们。希望此书能在教学上给同行提供一个可参考的部分。

感谢98级本科班与99级助教研究生班的同学们对作业的认真态度和广大读者的支持和帮助，在此我表示深深的谢意。

王　铁

2000 年 8 月 31 日于北京